池总渣 著

寒远

完结篇

长江出版社
CHANGJIANGPRESS

01 | 玩偶 | 001

02 | 重逢 | 011

03 | 鱼缘 | 021

04 | 生病 | 031

05 | 再见 | 047

06 | 晚安 | 061

07 | 旧友 | 069

08 | 花束 | 085

09 | 噩梦 | 099

目录 CONTENTS

10 | 成长 | 109

11 | 秘密 | 121

12 | 支教 | 131

13 | 复发 | 143

14 | 解惑 | 153

15 | 今夕 | 163

16 | 拜访 | 177

17 | 释怀 | 189

18 | 明亮 | 201

洛林远&俞寒

一别七年,远走他乡。
洛林远鼓足勇气回到故土,
蓦然回首,
原来,所念所想皆在。

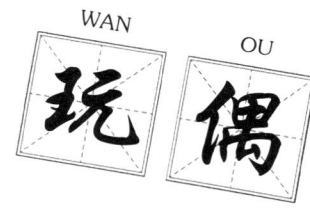

闹钟响起时，俞寒在床上翻了个身，准备起床。他惯来克制，从不赖床，门缝下透出一缕光线，是浅黄色的廊灯。

按停闹钟，圆形的电子钟从提示画面跳转到当前时间：7月14日，08：35，星期日。

俞寒在房间里的浴室洗漱完毕，出门右拐，是一扇浅黄色的门，空气中弥漫着食物的香气。

他推开浅黄色的门，房间里防光窗帘将阳光尽数挡住，却又在床头开了一盏星星小灯，小灯旋转着，在天花板上投影出漫天星辰。

儿童床上躺着一个小孩，怀里搂着只大橘猫，睡得香甜。猫已经醒了，正趴在那里甩动尾巴，看到俞寒，这才伸了个懒腰，从小主人的怀里爬了出来。

小孩被惊醒，揉着眼睛奶声奶气地喊："爸爸。"

俞寒将他的小被子拉起来盖在肚皮上："再睡一会儿。"

小孩大名叫俞渊，小名叫芋圆，长得乖巧可爱。每次俞寒把他抱出去都能招来不少女性充满怜爱的目光。

只不过，长得跟俞寒不太像，小孩整个人圆乎乎的，圆眼睛、圆鼻头、圆嘴巴，侧脸的弧度堪比蜡笔小新，跟俞寒硬挺的五官实在不搭边。

芋圆闭上眼睛，小胳膊扒拉着床找猫。

俞寒顺手将一个公仔塞他怀里代替老猫，掖了两下被子，安静地退出房间。

走到客厅，厨房里系着围裙的阿姨端着餐盘出来，给他准备的是三明治和橙汁，给芋圆准备得可就多了。

肉眼可见的偏心。

材料丰富的香粥、奶黄包、切好的水果，还有一瓶奶。

俞寒扫了眼芋圆专用餐桌上丰盛的早餐，觉得芋圆长得这么圆，他们家的阿姨"功不可没"。

阿姨将手上的水珠擦拭干净，看了眼芋圆卧室："小宝贝还没起床？我去叫他。"

俞寒没阻止满脸兴奋的阿姨，他们家的阿姨把芋圆当孙子一般疼爱，在他工作繁忙的时候，很细致地照顾芋圆，让他很放心。

没多久，芋圆就顶着一个乱糟糟的西瓜头出来了，被阿姨牵着走到小餐桌旁，抱着奶瓶就开始嘬。

俞寒看着眼睛都快睁不开的儿子，说："你已经三岁了，该断奶了。"

芋圆听到要断自己的奶，迷糊的眼睛瞬间瞪圆，抱着奶瓶警惕地瞪俞寒，牙齿磨着奶嘴，含糊不清道："不行。"

俞寒跟他商量道："不断奶的话，就去学画画。"

芋圆哼哼唧唧着:"画画就不能跟真姐姐玩了。"

俞寒说:"真姐姐没空成天跟你这个没断奶的小孩玩儿。"

芋圆作出小大人的模样,说:"唉,你不懂,真姐姐喜欢我,她才大我五岁,我觉得可以。"

俞寒不由乐了,说:"你不可以。赶紧吃早餐,晚点带你出门。"

用过早餐,俞寒让阿姨给芋圆换好衣服,他抱着芋圆就出门了。

手机上是助理发来的收集好的儿童绘画机构资料,有好几家,都在 C 城小有名气。

本来按照俞寒的性格,他会优先考虑经验更加丰富的机构。

但有家营业没满一年的绘画机构吸引了他,因为这家机构叫"鱼缘绘园",跟芋圆听起来很配。

果然,他把几个机构的名字报给芋圆听,芋圆就踢着小腿,说:"我要去,我的机构!我的,我的!"

俞寒嘴上说着他"芋大脸",手上还是操作着手机导航到了鱼缘绘园,决定先去那儿看看。

他们到得不巧,"鱼缘"正在办活动,舞台上几个"玩偶"蹦蹦跳跳,到处都是气球和孩子。

芋圆在人多的地方一点都不紧张,俞寒本来见这里这样繁忙,工作人员应该没空接待他们,打算要走,但是芋圆闹着要去玩。

这个机构占地挺大,大得足够放一个充气乐园,里面堆满了海洋球。

芋圆对这个乐园充满兴趣,俞寒一撒手,芋圆就迈着小短腿嗒嗒嗒地冲向了乐园，宛如一只哈士奇。

俞寒没法离开，便在不远处站着看芋圆。

七月，室外很热，他穿着衬衫有点出汗，心里想着怎么教育这个不省心的孩子，忽然感觉到后背被人戳了戳。

俞寒回头，正面迎来一个硕大的兔子头。

俞寒被吓了一跳。但是他虽受到惊吓，面色却保持不变。

这应该是鱼缘的工作人员扮演的兔子，尾巴后面还缀着一串孩子，正在扯布偶装上的圆尾巴。

兔子冲他招招手，想要引他到里面坐。

不知为什么，这个工作人员不肯出声，只是以大幅度的肢体动作来表达意思。

俞寒还都看懂了，他浅笑婉拒道："不用了，我小孩在那里玩，我得看着。"

兔子就跟被冻住了一样，安静了好久。

直到一个孩子扑到他怀里咯咯笑，兔子这才抱起小孩走了，俞寒也没在意。

过了一会儿，俞寒感觉到后背再次被戳了戳，转头还是那只兔子，这次还挎了个胡萝卜包。

拉链是开的，兔子从里面掏出一样样东西：雨伞、冰水、小扇子。

俞寒都蒙了，尽数接过后，心想：这个机构的人还挺会来事的。

他想人家大概看出自己是没报名的家长,正在上门了解,便特意招待他。毕竟周围的家长都没这待遇,扮兔子的工作人员还挺细心的。

兔子厚厚的爪子在胡萝卜包里掏啊掏,俞寒顺手替他把手套扯了下来。

兔子白皙的手就暴露在空气中,人好像有些无措,指头都颤了几下。

手指修长,指腹染粉,但看得出是属于男性的手,甚至能想象这手执笔画画的时候,画面会很不错。

俞寒礼貌道:"抱歉,看你戴着手套拿东西不方便,就帮你取下来了。"

兔子摆摆手,表示没事,总算掏出了他想要的东西,一颗糖,还是奶糖,端正地放在掌心里,然后递到俞寒面前。

可惜兔子面前的男人,之前的东西都收了,奶糖却不要:"不用,我不吃糖。"

兔子将手又伸了伸,哄他吃糖似的。

俞寒眉心微蹙,不失礼貌道:"我乳糖不耐受,不好意思。"

被他拒绝的兔子瞧着挺失落,天知道他是怎么从一个公仔头套上看出的失落,感觉耳朵都要耷拉下来了。

兔子把糖放回包里,要回自己的手套,也不走,就跑到一边的花台边坐下,打气球。打出长条的气球,然后扭出各种形状送小朋友。

俞寒有了伞和扇子后，确实舒适许多。又见这大热天的，兔子穿得这么厚，也不知道会不会中暑。

心里念头刚闪过，就见将气球拧成朵花，站起身朝他走来的兔子身体一阵摇晃，差点摔倒。

俞寒刚受过对方的照顾，怎么会置之不理。他走上前去，扶住兔子的胳膊，说："先生，你没事吧，还是进里面坐坐吧。"

兔子点点头，将花给他，指了指路。

俞寒为难地回头找了下"哈士奇·芋圆"，只见那孩子已经火速地"勾搭"上一个小姐姐，正玩得不亦乐乎。

兔子像是看出了他的不便，就推开他的手摇摇头，还抬手指了指乐园的方向，让他还是看着自己的小孩。

然后兔子步履蹒跚地走了，背影挺落寞。

俞寒目送他离开，又去逮芋圆。

小破孩在大热天玩红了脸，一身汗。

俞寒说他："你衣服都湿了，晚上发烧的话别找我哭。"

芋圆不高兴俞寒在小姐姐面前说自己，就梗着脖子叫板道："你发烧的时候还不是抱着我哭！还一口一个圆圆！羞羞脸！"

俞寒被熊孩子当众落了脸，也不恼怒，直接把孩子给提溜出来，不让他跟小姐姐玩。

芋圆的嘴巴噘得能挂油瓶，不甘不愿地被俞寒带走了。

俞寒哄他："来学画画的话，就有很多小朋友跟你一起玩了。"

芋圆在"真姐姐"和"很多小朋友"之间犹豫了一会儿，最后选择了"很多小朋友"。毕竟真姐姐才一个，这里的小姐姐有好多好多个啊。

俞寒带着芋圆,总算找到了一个没有扮成玩偶的女老师,说明了他们的来意。

女老师看着年纪不大,人很热情,便带着他们四处参观,甚至带他们参观了厨房。

厨房被玻璃门隔着一层,能看见里面有厨师在忙碌。

女老师叫小熊,小熊老师说因为他们的机构是在晚上上课,考虑到小朋友们饿得快,所以他们还有课间餐点。

餐点都是经过专业营养师搭配,食材新鲜,厨房环境干净卫生。考虑到可能有家长不放心绘园提供的食物,所以厨房都是能看见的,制作流程也透明。

看完厨房,小熊老师又带他们看上课的地方,那里装修风格温馨,墙绘很漂亮,连学生桌子都是可爱的风格。使用的教材是总部发的,课程也会配合着教材进行。

俞寒了解得差不多,心中觉得不错。

小熊老师弯腰问芋圆:"小朋友今年几岁啦?"

芋圆比了个"OK"的手势,说:"三岁啦!"

小熊老师直起腰,犹豫道:"俞先生,您的孩子年纪偏小,一般来说都需要家长陪同着上课。您可能需要和您夫人商量一下,选一个人来陪孩子上课。"

俞寒说:"他妈妈不在了。"

小熊老师尴尬地连声道歉。

俞寒说:"没事。"

小熊老师说:"那我带你们去见园长,缴费手续是园长在管,就是不知道这时候园长在不在。"

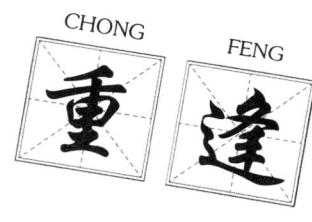

·02·

小熊老师领着他们走到园长的办公室，推门进去，里面一个男子背对着他们，穿着一件湿透的白背心，坐在风扇前吹着风。

男子的下半身还套着兔子套装，圆滚滚的尾巴挂在后腰上。头发乱蓬蓬，一个兔子头套摆在一边。

小熊老师高声道："园长，这位俞先生要来给他的小孩报名。"

园长浑身一僵，甚至不敢回头。

俞寒站在门口，眯着眼打量那位园长，脱了头套的兔子，白背心汗津津的，贴在背脊上，一尾蓝色活鱼的图案盘在他的肩胛骨上，活灵活现。

小熊老师疑惑地问道："园长？"

园长手里捧着冰可乐，一点点回头。

从耳垂到尖巧的下巴，纤长睫毛，湿润双眸。

他像是从俞寒的梦里走了出来，出现在现实中。

洛林远缓慢地眨了眨眼，终于看向了门口的人，没敢说话。

小熊老师感觉到办公室里气氛不对，她身后的俞先生先开口了，声音比刚才低沉很多："洛园长，真是好久不见。"

他们注视彼此,许久。

洛林远先躲开了目光,垂下眼睫,咬住嘴唇。

确实好久不见,足足七年。

小熊老师感觉事情不太对,说:"俞先生你是不是认错人了,我们园长不叫……"

"小熊!"洛林远截住了她的话,"你先给俞先生还有这位小朋友倒杯水,再拿些点心过来,我得去换个衣服。"

小熊老师说好。

洛林远捞着自己的兔子装,奔出园长办公室,不知道的还以为他不是去换衣服,而是逃命去了。

芊圆站累了,松开俞寒的手,自己找了把椅子撑着坐上去,晃着一双腿,说:"爸爸我喜欢这里。"

俞寒不理他,一直盯着办公室门口,不知在想什么。

洛林远逃到了洗浴室,考虑到孩子们年纪小,会有需要换洗的情况发生,所以绘园里建了洗浴室。

结果孩子们没用过几次,他这个园长光临得最多,几乎每日几遍报到。

洛林远把身上的衣服扔进洗衣机里,如果平时他身上出了这么多汗,他最起码要在浴室里头折腾一个小时。

可办公室里还有人在等他,不能耽误时间。

他一想到等他的是俞寒,就有种异常矛盾的心情。

有种想在浴室里待一辈子,又有种想马上冲到俞寒面前的念头。

洛林远根本不敢和俞寒对视,他绝对会出丑的,刚刚他连话都不敢说,就跑出了办公室。

太没骨气了,还冲动。

他不应该主动跟俞寒打招呼的,虽然隔着布偶装。

天知道他隔着头套,在五颜六色的气球和彩虹泡里,看见俞寒的时候是怎么样的心情。

他甚至以为这不过是梦幻泡影,一戳就碎。

他在一旁看了俞寒好久,看俞寒成熟许多的面容,棱角分明,显得五官愈加深邃,体魄好像比上学的时候更强健了些。

洛林远在水里使劲晃了晃脑袋,又啪啪拍打自己的脸。

他又掬了捧热水搓了搓脸,水太烫了,都烫进他眼睛里了。

这一洗就是半个小时,洛林远出来扫了眼手机,赶紧用毛巾搓了搓头发,湿着就出去了。

可怜的小熊老师在办公室里招呼客人,差点把肚子的话题全都掏空。

这位俞先生之前还挺好说话的,现在却冰冷得厉害,还是小孩子懂事,一直给她捧场,拉着她一口一个甜甜的姐姐。

当她发现俞寒第十次扫向门口,还抬腕看手表时,小熊老师汗如雨下,说:"不好意思,我们园长比较讲究,他平时不是这样的,今天忙太久了,还在收拾。"

俞先生却问她:"你为什么说我认错人了?"

她还没答话,办公室门就被推开了,带进了一股微甜的沐浴露味。

小熊老师刚松了口气,见到洛林远的样子,心又吊起。

不是说好了见家长的时候要打扮得老成点吗!

园长怎么就穿着一件印着太阳花的白短袖出来了,连头发都没吹干,衣冠不整,看着就跟高中生似的。

小熊老师盯着洛林远,挤眉弄眼地发出暗示,让他去换衣服。

平日里机智的园长看着她,茫然地眨了下眼,一颗水珠就砸到了脸上。

小熊老师不由顿了顿,普通的水珠在美人脸上都跟特效滤镜似的,好看得让人移不开眼睛。

果然在这里上班很幸福,小熊老师"花痴"般地想。

这时俞先生突然起身,他们都看过去,就见俞先生走到办公桌前,将装纸巾的木盒整个拿过来,弯腰放到了茶几上,咔的一声,力道有些重。

俞寒说:"擦一擦。"

园长尴尬地红了脸,局促地抽了好几张纸,压在了脸颊上,还冲小熊老师使眼色,让她说话。

小熊老师觉得今天可能天气太热,园长忙碌太久,不在状态,只好由她出马。

于是她就把平时园长哄家长的那套都搬出来,说他们的环境、师资力量,跟多少多少机构有合作,平时很多活动,总部很有名云云。

小熊老师在那里费力地吆喝,园长就坐在旁边玩手指头。

俞先生这会儿才捧场，不时应声，虽然都是简单的短句。

洛林远看似无所事事地发呆，实则一直竖着耳朵偷听。就是俞寒的话太少了，偶尔才开腔。

他心里是矛盾的，他既想俞寒的小孩来自己的机构，又不想俞寒的小孩来。他想见俞寒，但又怕见俞寒。

俞寒应该也不想来这里吧，毕竟是他开的。

也许，这是最后一次见面了……

洛林远忍不住鼻子发酸，抠手指头的力道越来越大，像自我折磨。

这时有只小手探了过来，柔软的掌心捏住了洛林远折腾的手指头。

小孩的手滑滑的，嫩嫩的。

洛林远抬眼，对上了一双又黑又干净的大圆眼。

洛林远眨眼，芋圆也眨眼。

下一秒芋圆的圆眼弯成了两个月牙，芋圆小声地说："会痛。"

说完小孩的身体扑在了洛林远的膝盖上，鼓鼓的肚子抵着他的小腿，对他说："抱抱。"

洛林远接触的小孩多了，下一秒便自然把芋圆抱了起来，放在膝盖上，还问他要不要吃糖。

刚说完，洛林远就忍不住看向俞寒，心虚地想俞寒会不会不高兴啊，他未经允许就抱了他的小孩。

俞寒看了他们两人一眼，对着洛林远怀里的芋圆道："乖点。"

芋圆嘟嘴，说："我本来就乖。"

说完，芋圆看向洛林远，说："糖糖。"

洛林远一边觉得这小孩乖，一边又可惜小孩怎么长得跟俞寒一点都不像。

要是长得像的话，说不定他会更喜欢这个孩子一些。

洛林远成了园长后，随时都会在兜里塞一把糖，奖励小朋友用的。

他拆了一颗奶糖，叫芋圆张嘴，仔细看了看芋圆有没有蛀牙。

这个年纪的小朋友不能吃太多糖。

芋圆怨念地看了自己爸爸一眼，说："他不给我吃。"

洛林远拿着糖尴尬了，他爸爸不给吃？那他到底给还是不给？

这时正在跟小熊老师对话的俞寒停了声，探身过来，自然地将洛林远手里的糖拿走，放进嘴里。

半点都没有不久前说过自己乳糖不耐受的自觉。

芋圆觉得不公平，说："我也要。"

俞寒回他："不许。"

芋圆问："那你为什么能吃？"

俞寒回："因为是我的。"

芋圆小朋友快被气死了，觉得他爸爸比他这个三岁的小宝宝还要幼稚。

他用大眼睛卖萌，跟洛林远要糖。

洛林远在俞寒面前哪里敢给，按着自己放糖的口袋，为难地摇摇头。

- 017

芋圆假哭，把脑袋埋进洛林远的胸口里滚了一圈，说："真香。"

俞寒在旁边冷冷地插话："俞渊，自己坐好。"

芋圆耍赖道："不要，人家还是个宝宝。"

洛林远把小孩的身体往上托了一下，问小孩："你叫俞渊？哪个渊？"

芋圆平时不太爱认字，但也知道自己名字，手脚比画，咿咿呀呀，说不清楚。

俞寒说："渊源的渊。"

洛林远讷讷地"哦"了声，还是没敢看俞寒。

他就跟玩闪避球游戏一样，俞寒不看他，他就偷看，俞寒看他，他就躲。

等到小熊老师实在无话可说以后，俞寒问："学费是现在缴吗？"

小熊老师惊喜地在心中比了个"耶"，又骄傲地望向一脸惊吓的园长。

算了吧，园长今天是指望不上了。

小熊老师问："支付宝还是微信？"

这时园长总算意识到自己的工作态度不佳，主动把手机掏了出来，试探性地问："微信好友转账？"

俞寒看了眼他手里的手机，说："支付宝，谢谢。"

洛林远默默地把微信退出，不由心酸地想：哎，既然俞寒已经有了全新的生活，他还是不要打扰比较好。

他决定把俞渊安排到离他办公室最远的一个班。

转账完毕，俞寒起身，冲芋圆伸手，说："过来，回家。"

　　芋圆从洛林远怀里滑了出来，小跑到爸爸身边，扭过身道："哥哥、小姐姐拜拜哦。"

　　洛林远冲他摆摆手，在临别时，总算鼓起勇气，看向俞寒。

　　俞寒也在看他，目光深沉。

　　洛林远也不躲了，注视着他的双眼，说："再见。"

　　也不知道他这话触动了俞寒哪根神经，俞寒眉心隆起，脸色变差，心情看起来很不好。

　　洛林远嚓声，想打自己的嘴。他这样确实有点讨厌，久别重逢，俞寒先跟他打招呼，他也没理人家，刚刚一直不肯跟俞寒说话，现在等人要走了，才憋出一句再见。

　　这样不理人的态度，换作是他，也不会高兴的。

　　只是断了联系的老同学，虽然有误会，但又不是仇人，他表现得太不大方了。

　　俞寒这时说："园长，你这家鱼缘绘园的名字也是总部给起的吗？是哪个鱼，哪个缘？"

　　芋圆觉得这题他会："爸爸，是小鱼的鱼啦，我进来的时候看到了。"

　　小熊老师说："不是总部起的哦，是我们园长亲自命名的。"

　　最该回答的洛园长却一个字都说不出来，整张脸都红了。

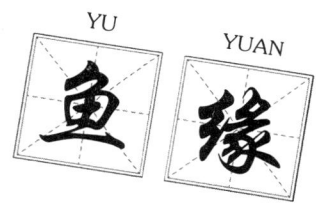

·03·

洛园长手足无措,小熊老师一脸莫名,芊圆好奇眨眼。

只有俞寒冷静如常,又不等洛林远回答,便拉着芊圆要走。

小熊老师突然道:"等等,俞先生你还没填表呢。"

洛林远也才想起这茬,赶紧走到自己办公桌前,从抽屉里取出一张表格,递给站得离他最近的小熊老师。

小熊老师又将表转交给俞寒。

这表格是学生家长需要填的,联系方式、家庭住址、孩子是否有过敏原与疾病,等等,非常详尽。

他刚才企图加俞寒的微信,却被变相拒绝,现在又让人填表,总有种一环套一环的感觉。

洛林远决定一会儿俞寒把表格填完以后,他就叫小熊老师收着,自己绝对不要看,非但不看,还要锁进柜子里。

俞寒接过表格,四处看了眼,寻找着能写字的桌子。

会客的茶几太矮,趴着写不大方便。

洛林远说:"来这边写吧。"

小熊老师忙去找笔,洛林远又从抽屉里取出一支钢笔,递了过去。

俞寒拿着表走过去，办公桌对面也有一张客人的椅子。

洛林远就跟没看见，又或者当看着俞寒朝他走来，脑子里就少了根弦似的，他拉开了自己的园长皮椅，说："坐这儿吧。"

小熊老师愣了一下，洛林远反应过来也恨不得咬掉舌头，只能事后找补了一句："那把椅子坏了，坐不稳，我这把坐着还舒服点。"

俞寒勾起唇角，弧度很小。他自然地落座在洛林远的位置上，接过对方手里的笔。

见洛林远往后一缩，俞寒嘴边的笑意消失了。

洛林远背着手，不知在想些什么。

俞寒快速地填好了表，然后将表推到洛林远面前，说："填好了。"

洛林远拿起来，看也不看就收到一边的文件夹，面上挂着客气的笑容，说："谢谢你对鱼……我们绘园的信任。"

俞寒没理他，捎上芋圆直接走出办公室，头也不回。

小熊老师跟了上去，主动送他们到门口。

待她去而复返，就见园长手撑在窗台上，伸着个脖子朝下望，很是依依不舍。

听到她进来的动静，园长才转身过来，尴尬地咳了一声，说："辛苦你了，下去忙吧。"

小熊老师说："园长……"

洛林远紧张地等她后话，心想：他表现得确实有点奇怪，不知道这丫头会不会瞎想些什么。

小熊老师说:"这一单算我的吧,加工资吗?"

洛林远:"……"

其实讲道理应该算我的,但看你是年轻人工作又勤恳,就算你的吧。

洛林远大方地点头,小熊老师乐呵呵地离开了办公室,没心没肺,完全不在意洛林远刚才的异样。

小熊老师一走,洛林远就把手放到了文件夹上,打开了。等他再回过神来时,已经将俞寒资料的第一行看完了。

他猛地把文件甩了出去,受惊过度,左手打右手,嘴里念叨着"不行不行",说好不看的。

洛林远纠结地在办公室里转了几圈,最终败给了好奇心,心想:我就看看,不记住。

他从地上恭敬地捡起了那份表格,从头看到了尾,意外地发现芋圆是单亲家庭,没有母亲。

表格上填写的陪课家长,竟然是俞寒自己!

俞寒要来上课了?!

洛林远捏着表半天,然后放松往后一躺,靠在自己的办公椅上溜溜地转了一圈。

还不够,又转了一小圈。

小熊老师进来的时候,正好撞上洛林远在那里转圈圈傻乐。

小熊老师将后厨的采购表格交给洛林远:"笑什么呢?"

洛林远扶稳了摇晃的皮椅,装模作样地敲了会儿键盘,说:

"没什么,下午我要出去谈个合作,这里交给你了。"

小熊老师说:"行,对了,俞渊这个孩子安排到哪个班?"

洛林远说:"一班。"

园长室出门就能看见的那个。

小熊老师出去跟一班的杨老师交代去了,洛林远在微信上联系合作方。

他最近在接洽一个科普艺术节,想组织鱼缘的学生去参观昆虫摄影展,这样有利于拓展孩子们的思维。他还要布置作业,为之后的比赛做准备。

他太忙了,自从开起这个绘园后,大大小小的事情都要他来操心,硬生生被逼出了许多技能。

其实这样也挺好的,比他在国外的日子强。

跟合作方约定好见面时间后,洛林远接到了一通跨国电话。

来电人是林舒,林舒不太会关心人,问候的方式也简单粗暴,问他还有没有钱。

洛林远当初选择回国创业时,林舒极力反对。他按照林舒的要求,在国外读完艺术大学,刚毕业那会儿,林舒有意要带他进入她的圈子,还将他介绍到一家画廊工作。

谁知道洛林远安分地在画廊工作了两年,突然要回国创业,还是回C城。

C城有不少旧人,林舒不让他回去。

结果洛林远就自己收拾了行李,办好护照,买张机票,说走就走。

等林舒发现时，他已经在国内租好了公寓，准备创立绘园。

林舒只给他卡上转了一笔钱，倒没回国来捉他。

不怪林舒这样事事安排，给洛林远铺路。只因洛林远刚去国外的第一年就交友不慎，被人在酒杯里下了药。

幸好那次被突击检查，洛林远才没喝下那杯酒，但也被卷进了拘留所。

林舒过来保释他时，脸色非常糟糕，但她没打他。

只是自那以后，林舒就找人盯着洛林远，盯得很紧，甚至到干涉他交际的地步。

其实洛林远也知道这件事有他自己的问题，他刚到国外时，满腔悲愤，只觉得人生无望，自暴自弃。

被人带着四处玩，去参加不同的派对，那段时间洛林远连课都不上，日日宿醉。

要不是差点出事，说不定他会因此堕落。

当时林舒也因为刚到国外，一切刚刚开始，没空理会他，没想到他竟然把自己折腾进了拘留所。

在拘留所那个晚上，洛林远被吓坏了，他本以为自己已经经历了人生最糟糕的事情，家人、学业、朋友，通通出了事。

人生却告诉你，前边还有更可怕的在等你。

如果他喝下了那杯酒，他的人生才是真正被毁了。

洛林远拿着手机，听电话里林舒失真的声音，回道："我在这边一切都好,钱够用,我办的机构也拉到投资了。"

林舒沉默了片刻,问道:"身体呢?"

洛林远说:"很忙,反而不怎么生病。"

林舒又说:"别丢了画画。"

洛林远回她:"嗯,每晚都有练习。"

林舒说:"我挂了。"

洛林远突然叫她:"妈妈。"

林舒:"……"

洛林远问:"你身体呢?"

林舒回道:"还好。"

母子俩不约而同静了下来,没了话题,他们好像不管过了多久,都找不到合适的相处方式。

洛林远挂了电话以后,犹豫了一阵,最终还是从表格上将俞寒的电话记了下来。

结果他意外地发现,俞寒用的好像还是以前的号码。

俞寒七年前的电话号码后四位就是2324,很好记,那时他的手机锁屏密码正好是这四个数字,没想到直到今天俞寒依然在用。

洛林远叹了口气,又一次庆幸自己没有喝下那杯酒,不然就是另外一种人生,不可能回国,也不可能拥有自己的事业……

洛林远将那份文件宝贝地收起来,感觉一切都在好转。

而他这边乐着,方肖那边心里却挺苦。

他昨晚陪客户喝酒到半夜,回家睡觉,早上起来听到身边自己的老婆小情儿柔声问他："你是不是答应过我再也不喝这么醉了？"

"是谁上次才喝到胃出血了？"

"是谁养胃养了快一年？"

方肖满头大汗，各种求饶。

陶情收拾好一个小包包，就回娘家去了，这次气得不轻。

方肖也不敢贸然去讨嫌，陶情脾气就是这样，平时温柔，一旦生气，你去哄她，她就更生气，看着你都烦。你不去哄她，让她冷静冷静，她还舒心点。

俞寒打电话叫他出来喝酒的时候，方肖欣然赴约，他心里也很郁闷，回家没有媳妇等他了，哪个男人会不郁闷啊。

方肖到场的时候，俞寒已经自己喝上了。

方肖一坐下就说："我媳妇不让我喝太多，我今晚就一瓶啤酒，不喝多。"

俞寒和他的酒友关系保持了许多年，刚开始是一直找他打听洛林远到底在哪儿。

气就气在，方肖也不知道。

洛家对这件事讳而不言，对外说法是洛林远出国深造去了。

一年年下来，方肖找人的心都淡了。

在没有洛林远任何消息的情况下，方肖刚开始是生气，到后面失望，逐渐失去动力。

但是他从来没忘过洛林远，俞寒也是。

俞寒会来找他喝酒，问一些洛林远的事情。他跟洛林远初中相识，又念同一所高中，不少回忆，有许多事可以挑出来讲。

俞寒一边喝酒一边听，偶尔听到有趣的，还会笑。

只是笑容都很浅，没一会儿就散了。

还记得某一天，俞寒突然说："要不是你说起他，有时我甚至都觉得，洛林远其实不存在。他只是在我最难过的时候，出现在我生命里的一个好梦。时间到了，梦就醒了。"

方肖安慰他："怎么会呢？他一个大活人，怎么可能消失，迟早会遇上的，到时候我一定狠狠揍他一顿。"

俞寒趴在桌子上，藏起了眼睛，说："是啊，会遇到的。到时候……"

到时候会怎么样，俞寒最终也没有说。

SHENG BING 生病

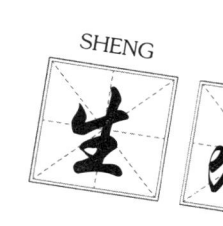

·04·

C城今天的天气很怪,早上还是艳阳天,下午就瓢泼大雨。

幸好他们的活动因为天气炎热结束得早,一天下来也有不少家长报名。

现在洛林远的收入跟业绩挂钩,他要撑得起面子,租得起房子,全靠月收入。既然已经是二十五岁的人了,总不能还跟妈妈伸手要钱。

洛林远背着双肩包,打着伞提前出发,从公交车转到地铁,他还专门为自己准备了一双手套。

除了租房压力,他最想贷款买辆车。车的款式都看好了,就是没钱。

下雨天出门很惨,到处都是湿答答的,把洛林远的头发都给打蔫了。

洛林远只穿了个短袖,凉得厉害,在地铁里被空调一吹,连打好几个喷嚏。

他抱着胳膊狠搓了几下,创业太忙,没空生病。

到了展馆,窗外阴云密布,馆内的空调大概只开到几度,冻得人恨不得穿上棉袄。

馆长还在接待其他客人，秘书歉意地让他在外面等一会儿。

这一等就等了一个小时，洛林远斗地主玩了半个小时，连连看也玩了半个小时，总算等到了馆长。

馆长笑眯眯地跟他说抱歉，洛林远也只能笑着说没关系。谁让这个会馆有名，想同他们合作的人太多了。

相关事宜谈妥之后，洛林远又赶回了鱼缘绘园，看老师给小朋友们上课。

等最后的学生们走了以后，他带着老师们一起简单地收拾了园区。

好不容易回到家，洛林远都快瘫下了，他强撑着精神洗个澡，头发吹了个半干，便昏睡过去。

第二天他是被电话闹醒的，小熊老师给他打了起码有十个电话，才把他弄醒。

洛林远撑着枕头从床上爬起，声音嘶哑地接了小熊老师的电话："不好意思，睡过头了。"

小熊老师说："园长你快来，今天采购的费用还需要结款，又有家长来报名，等了很久了。"

洛林远连声说好，结果下床就摔了一跤，磕到了额头，疼得他眼泪汪汪。但是作为一个"社会人"，要坚强，不许哭。

快速洗漱完后，洛林远感觉自己的身体有点不对劲，可能是在低烧。

他用冷水洗了个脸，在鼻子下方抹点风油精醒神，为了赶时间只能约车，在车上把司机都催烦了，终于在半个小时内赶到了

- 033

绘园。

一到绘园,他就处理了不少琐事。面对等待已久的家长的怨气,洛林远一直忙到了中午。小熊老师来叫他吃饭,他没有胃口,从抽屉里拿出一袋感冒冲剂,转身去接热水。

小熊老师看着他的脸色,忧心地问道:"园长,你不舒服吗?"

洛林远说:"还好,喝点药就行。对了,那个俞同学今天有来上课吗?"

现在是暑期档,孩子们白天也有课。

小熊老师说:"没来呢,他家长打电话来说会上晚课,因为下班了才有空陪俞同学过来。"

洛林远失落地垂下眼皮,打算把感冒冲剂直接饮下。

小熊老师赶紧劝阻道:"等下,好歹吃个面包填一填吧,空腹不宜吃药,你不知道吗?"

洛林远只得说:"那麻烦你给我去买一个……"

小熊老师说:"红豆包,老牌子,你每次都要吃的那款。"

洛林远有些虚弱地笑道:"谢谢。"

小熊老师回来得很快,看着他把面包吃掉,药也喝了,说:"你先休息一下吧,下午要是没事的话,我就不来喊你起床了。"

洛林远没有否定这个提议,但临睡前还是给自己调了个闹钟。

事实证明,他根本不可能睡觉,下午又有别的事情要忙。

洛林远着了凉,不敢开空调,到中午醒来时浑身大汗淋漓。

睡前他双颊绯红,面若桃花,醒来他唇色惨白,两眼无神。

简直一觉睡光了所有精气神，人也烫得厉害。

人在生病的时候最容易脆弱，洛林远裹着毯子发呆。

小熊老师进来喊他的时候，见园长正拿着手机看，眼睛还湿湿的。

小熊惊道："园长，你在看韩剧吗？"病了还这么有精神？

洛林远吸了吸鼻子，说："我不看韩剧。"

小熊老师问："那你怎么哭了？"

洛林远说："……打喷嚏打的。"

小熊老师说："你还是去医院看病吧，要是被家长们发现你生病了，肯定得翻天。"

小孩子的免疫力低下，万一被传染了一个，那就得病一群，家长们肯定要指责他们，职工生病了就该在家里好好待着，出来传染小孩就是不负责任。

如果洛林远是老师，他肯定会让这个老师休病假。但洛林远是园长，上课以外的所有事情都是他来负责，没法长时间离开岗位。

洛林远最后看了眼手机屏幕，这才退出相册，穿上外套，说："我去前面的小诊所打个针，你看着办公室，有事电话，我马上回来。"

小诊所是洛林远在上班路上看见的，便暗地里记下了。

到了小诊所，老医生给洛林远检查了一下，说："开点药先吃着，吃完了再说。"

洛林远说："我想打针，强效的那种。"

老医生瞪了他一眼，说："年轻人不要仗着自己身体好就乱打针。"

- 035

洛林远说:"吃药太慢了。"

老医生说:"打针伤身。"

洛林远问:"打针多少钱?"

老医生对他说:"怎么就不听话呢!"

老医生气得嘟嘟囔囔,又说自己当年是哪个哪个医院的医生,别人要专门挂号来看的,现在退休了才开诊所,工作经验丰富;又说洛林远不听老人言,吃亏在眼前。

洛林远干脆装死,全当没听见。

他本以为老医生要给他开吊针,结果医生说:"屁股针,进去把裤子脱了。"

洛林远想着自己多少年没挨过屁股针了,看着老医生手上的针筒,说:"您亲自给我打吗?护士呢?"

这个医生头发都白了,还握得稳针筒吗?

老医生说:"我家姑娘去吃饭了,没那么快回来。针水都配好了,赶紧的。"

好凶哦……

洛林远只好转进了小房间,不情不愿地解开了皮带,露出一点点皮肤。

老医生走进来,要拽他裤子。

洛林远忙道:"窗帘……窗帘拉一拉!"

老医生说:"你一大小伙子,害什么羞。"

洛林远悲愤地被抹上了碘酒,又悲愤地被扎了一针。

屁股又酸又疼,他还紧张,越发疼。

好不容易把罪受完了，小护士回来了，还带了饭，说："外公，吃饭了。"

洛林远觉得这个声音有些耳熟，但他还在止屁股上的血，露着半边屁股，没脸出去。

老医生不给面子地说道："小伙子，血还没止住？出来拿药。"

洛林远慢吞吞地说道："我凝血差，还要一会儿。"

小护士说："外公，把药方给我。"

外面静了一会儿，突然传来一阵脚步声，一道瘦小的身影出现在门口，又惊又喜地看着他："洛林远！真的是你！"

洛林远赶紧提上裤子，止血棉花都给吓掉了，他瞪着门口的女生，结结巴巴道："陶……陶情！"

陶情一下红了眼，对他说："你这个混账！这么多年到底去哪儿了！"

洛林远感觉自己屁股上还在滋滋冒血，觉得眼下实在不是一个谈话的好时机。

他尴尬道："小情儿，我还没止血，你能不能再给我一块棉花啊？"

陶情又哭又笑，给他找来棉花，还给他找位置按住了。

被当年的高中女同学看了屁股，洛林远有点害羞，他注意到陶情无名指上的戒指，惊讶道："你结婚了啊？"

外面传来老医生雄浑的声音："是啊，臭小子，别打我家小姑娘的主意！"

陶情说："外公！别胡说，这是我好朋友！"

老医生委屈地继续吃饭，不敢再说话。

陶情笑道："结婚了。"

洛林远问："跟谁啊？"

陶情说："方肖。"

洛林远震惊地瞪着双眼，一时没法接受当年的钢铁直男方肖早已脱单还结婚了的事实。

陶情抹了抹眼泪，说："太好了，你总算回来了。什么时候回来的？怎么会在这里？生什么病了？你高中那会儿身体就不太好，我得给方肖打个电话，他老说起你，还说再见面得揍你。别怕，他要是敢揍你，我就不让他回家。"

陶情太激动了，一下说了一堆。

洛林远把裤子穿好，总算没那么害羞了，便笑着听她说话。

陶情慢慢地停了下来，犹豫地问道："你既然都回来了，怎么不联系我们啊？"

洛林远没心没肺地揉了揉脸，轻声说道："怕被揍。"

陶情都没忍住，打了他胳膊一下。

她迟疑地说："你回来了，有没有联系俞寒啊？"

洛林远对陶情竟然会提起俞寒，有点惊讶，但也意料之中。毕竟当年高中的时候，大家都知道他们两个人的关系是多么要好。

陶情见他面上的神色，欲言又止，最后还是笑了笑，说："知道你回来了，方肖肯定会很高兴的。"

洛林远和陶情交换了联系方式，然后离开了诊所。

陶情追了出来，遥遥地对他喊道："小远，如果可以的话，你去联系一下俞寒吧，他的电话号码没变过！"

洛林远头也不回地摆摆手，看似潇洒，实则回去的路上，就拿出手机，看着手机号码，迟迟不敢拨通。

他叹了口气，本来想退出，却一不小心按了手机的拨通键。

他正手忙脚乱想挂断，手机另一端却被人接起了。

俞寒开口道："喂。"

洛林远小心地将电话捧到了耳朵边，说："你好。"

俞寒："……"

听俞寒那边不出声，洛林远更紧张了，他磕磕巴巴地说道："我打电话只是想问你，"他急中生智，"你今天是下午来上课还是晚上来上课，是你陪着俞渊来吗？"

俞寒回道："我已经给贵机构打过电话，确认过课时了。"

洛林远尴尬地说："啊，哦哦，不好意思。"

他好像听到俞寒在电话那头叹了口气。

俞寒问他："还有其他事吗？"

洛林远说："没了。"他低落地继续道，"对不起。"

俞寒问他："为什么要道歉？"

洛林远低声回道："浪费你时间了。"

这下电话那边沉默了更久，俞寒说："接你的电话不叫浪费时间，晚上见。"

洛林远一下振作起来，感觉头也不疼，身体也不软了，立刻说道："晚上见。"

强效针挺管用，差不多下午五点的时候，洛林远的烧就退了。

马上就要到晚课的时间。小熊老师提着外卖给他，一碗粥，一小袋酸菜，他吃了大半。

饭后又吃了药，整个人都困倦得厉害，为了醒神，就拿着杯子去冲咖啡。

茶水间在课室走廊尽头，他捏着咖啡袋，拿着热水杯，还特意戴了个口罩，怕传染给孩子。

一出门就撞上了带着芋圆来上课的俞寒，刚下班的男人穿着衬衫，袖口挽了起来，露出结实的小臂，还打着领带。

俞寒的模样跟昨天不太一样，头发被抓起定了型，露出光洁的额头，高耸的鼻梁上架着一副细边眼镜。

他突然侧过脸望来。

镜片的光斑错落在他的脸颊上，眼神微冷，而半边的身体又被走廊窗口的夕阳温暖覆盖。

冷感和柔和交融。

洛林远捏着咖啡袋，因眼前的这个画面一震。

俞寒只看了他一眼，便垂眸往芋圆背上轻轻一推，说道："自己进去找位置。"

芋圆抬头看了看爸爸，惆怅地叹了口气，有这样的爸爸有什么用呢，还不是事事都要自己操心。

俞寒一步步朝洛林远走来，影子随着步伐的逼近，伸长蔓延，覆盖到了洛林远的影子上。皮鞋跟踩着瓷砖地，透着从容不迫的气息。

洛林远连躲都没法躲,他屏住呼吸,露在口罩外的眼睛睁得很圆,又带着股不自知的期待。

俞寒像是感觉不到他的视线,停在了几步的距离,客气地说道:"洛园长,晚上好。"

洛林远用鼻子哼了声"嗯",软绵绵地回应道。

听到他的声音,俞寒眉心似为难地皱了皱。

洛林远被他的神色惊醒了,用手按了按自己的口罩,确定挡得好好的,没有透露一丝一毫的表情,他说:"晚上好,俞先生。"

俞寒看着他的口罩,问道:"身体不舒服?"

洛林远刚摇头,又想到俞寒说不定跟那些家长一样,只是担心他生病会影响到孩子,他要是说没生病,岂不是在说谎?

当然,俞寒也许并不是在担心他。

洛林远点头道:"有点着凉,"他赶紧补充道,"不过你放心,我一般只待在办公室里处理公事,不会轻易出来。"

俞寒眉心稍松,问道:"我放心什么?"

洛林远理所当然道:"当然是放心我不会传染给孩子,我有经验,也有分寸。"

刚展平的眉心复又隆起,俞寒眼神严厉不少,盯得洛林远简直手足无措,不知道哪句话说得不对了。

两个大男人也不能老戳在走廊上,一会儿就是上课的高峰期,会有很多家长来。

洛林远想自己要找个借口才行,他将杯子和咖啡袋拎起来晃了晃,说:"俞先生你先进教室吧,你还没跟杨老师打招呼呢。她教学经验丰富,你会满意的。"

俞寒没接这个话题,问道:"吃过药了?"
洛林远尴尬地放下手,说:"吃过了。"
俞寒又问:"什么时候吃的?"
洛林远的小心脏渐渐升温,回道:"大概一个小时前吧。"
俞寒冷声道:"吃药后两个小时内不能喝咖啡,这是常识。"
洛林远的小心脏又掉回冰水里了,只因俞寒的语气太冷硬,感觉不是在关心他,而是在骂他蠢一样。

洛林远把咖啡揣回裤兜里,没精打采道:"那我去打热水好了。"说罢,他就绕过了俞寒,快步朝茶水间跑。

不知道是不是错觉,总觉得衣摆被扯了一下,力道很轻,他甚至没反应过来。

等进了茶水间,洛林远才觉得有些不对。

刚进茶水间,就见几个老师聚在那里,有作为大学生来鱼缘兼职的许梦老师、从国外回国任教的陈轻老师,以及被陈轻老师从国外带回来的同事文琦雯老师。

都说"三个女人一台戏",她们三个今天大戏的主角就是俞寒。

他一听她们的议论就知道了,带着三岁小孩的单亲爸爸,长得很英俊,穿着深色衬衣。

文琦雯老师端着咖啡,感叹道:"有看到他的表吗,好贵的一牌子,家里肯定有钱。"

洛林远默默地走进去,安静地接水,没有要插话的意思。

陈轻老师作为已婚妇女，发出了成年人的感慨："看那手臂线条，身体素质一定很好。"

洛林远刚拉下口罩喝水，听到这话就被呛到了。

许梦老师害羞地捂着脸，说道："陈老师你说什么呢！"

洛林远咳得脸都红了，文琦雯老师见他那个狼狈样子，就忍不住笑道："陈老师看你把我们园长给臊得，要我说，我们园长长得最好看。"

关他什么事？

洛林远拿纸巾擦嘴，又按在湿透的衣襟上，红着脸道："到处都是小孩，注意下你们的言辞啊。"

陈轻老师耸肩道："这里只有老师能进，大家都是成年人嘛，别这么古板啦。"

文琦雯老师忍不住帮他出头："哪有，我们小远在国外都很洁身自好的，都不跟女生出去约会，说不定……"

几个女人对视一下，不约而同地"嘿嘿嘿"笑起来。

洛林远早已习惯这几个女人豪迈的聊天风格了。

洛林远从茶水间的点心篮里取出了一颗糖，拆开放嘴里，说道："行了行了，整天就知道笑话我，时间不早了，快去上课吧。"

女老师们一哄而散，洛林远还龟缩在茶水间里。直到上课音乐响起，他才悄悄地从茶水间里探出半个脑袋。

确认走廊里已经没有人了，洛林远这才慢慢地走回办公室。

路过杨老师任教的一班时，他从窗口往里看，正好是家长和孩子的互动时间。

他看着俞寒温柔地低头,手指点在纸上说着什么,一旁的芋圆圆润的侧脸用笔抵出一个窝,然后仰着头和俞寒说话。

洛林远在教室外望着,也跟着傻笑。

哪知道这时候俞寒竟然跟感应到一般,突然抬头朝教室外望了眼。

洛林远被吓到了,匆匆后退,拉上口罩,疾步回到办公室里。

既然进了办公室,就无心其他,洛林远开始埋头工作。不怪乎别人说工作狂没资格拥有自己的生活,他忙得昏天暗地,等他再一抬头,已经十点了。

洛林远跑出办公室,见老师们已经自觉地开始收拾卫生,小熊老师拿着个扫把看他,问道:"怎么了?"

洛林远恍惚道:"下课了?"

小熊老师说:"对啊,都十点了。"

洛林远问:"家长们都走光了?"

小熊老师感到莫名,回道:"是啊。"

洛林远失落地拿起扫把和簸箕,化悲愤为力量,搞起卫生。

小熊老师在旁边看他,还打趣问他去的是哪个医院,扎的什么针,效果这么好,下午还奄奄一息,晚上就生龙活虎了。

这时,走廊尽头上来了一个人,杨老师先惊讶道:"俞先生,你怎么又回来了?"

洛林远同样惊讶地瞪大眼睛看向俞寒。

吸引了所有人目光的俞寒不紧不慢地说道："我手表好像落在教室了。"

这可是大事，那块价格不菲的手表要是在园里丢了，就很麻烦了。

这下所有老师都无心打扫卫生，都进了一班帮俞寒找手表，洛林远自然也是。

杨老师先检查了芊圆的座位，里里外外地翻也没有见到手表，就问道："要不要查看一下监控，俞先生你还记得你什么时候摘下手表的吗？"

俞寒说："不太记得了，算了，找不到就找不到吧。"

杨老师一愣，无措地看向洛林远，寻求他的意见。

洛林远说："这怎么行，继续找。"

俞寒却说："丢手表是我自己的过失，你们不用都帮我找，还是忙你们的事情去吧，耽误你们下班就不好了。"

时间确实已经不早了，他们机构里大多是女老师，如果赶不上末班地铁，回家既不方便也不安全。

洛林远没有犹豫，便说道："你们忙你们的去吧，我来陪俞先生找。"

这一找就找了许久，直到人都走光了，洛林远才听见俞寒说："找到了。"

洛林远惊喜地问道："在哪儿找到的？"

俞寒手指绕着表带，手表上面沾了点土，竟然是从教室墙边的盆栽里找到的。

洛林远赶紧翻出消毒湿巾，走过去递给俞寒，说道："擦一擦吧，怎么会掉到这个地方？"

俞寒说："大概是写生的时候，不小心掉进去的。"

洛林远问："晚上画花了吗？"

俞寒说："嗯。"

洛林远也不好再问，感觉这块手表遗失的地点实在奇怪，但他总不好去质疑吧。无论如何，没有丢东西就好。

俞寒客气地说道："不好意思，耽误你时间了，都这么晚了。"

洛林远说："没关系，你先回去吧。"

俞寒问他："洛园长打算怎么回家，开车吗？"

洛林远一愣，违心地回道："嗯。"

俞寒说："是吗，洛园长的车停在哪儿了，我停车的时候怎么没看见有其他车。"

洛林远窘迫死了，忍不住瞪了俞寒一眼。

俞寒被他瞪了，好像愣了一瞬。

洛林远自暴自弃道："我没车，一会儿打车回去。"

这点钱还是有的，就是心疼。

俞寒像是抛出了一个饵，等了良久，总算被鱼咬了钩，他慢悠悠道："这样多不安全啊，我送你吧，洛园长。"

再见

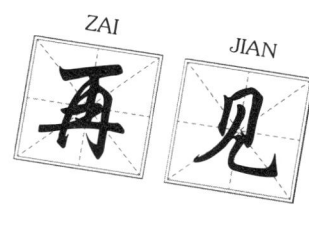

·05·

沉默，无尽的沉默。

自从上了车以后，尴尬在他们之间蔓延。

洛林远不是敏感的人，他自认为心挺大，但也没大到跟曾经要好又有过龃龉的老同学共处一辆车里，还能悠闲自得。

更何况，他们断联多年，才重逢不到两天，对彼此的生活一无所知。

不过，细想想也不算，俞寒知道他的工作，他知道了俞寒的电话和他有了个孩子。不是一无所知，只是他们之间……真不知道该聊些什么话题。

半晌，洛林远憋出了尬聊的第一句："你这车不错啊。"

俞寒打开了音乐，回了句："还行。"

洛林远无话可说，音乐在他们之间静静流淌。

歌单大部分都是轻音乐、钢琴曲，这让洛林远不由期待能听到那首曲子。但是没有，一首首歌过去了，他依然没有等到一曲《星空》。

洛林远的家离鱼缘绘园不太远，开车半个小时的距离。

哪怕陷入尴尬，他还是觉得，时隔多年能和俞寒这样平和地坐在一起，也是好的。

当年他们是困境中互相扶持、分享过彼此秘密的挚友，而后来，身份的差异、外界的流言……诸多误会夹杂其间，他们背道而驰。

但多年来，学生时期的种种回忆，他至今难以忘怀，却不敢揣测对方是否与自己一样。

大概早已不一样。

从他没有回复的那刻起，他和俞寒就走上了不同道路。

林舒曾经对他说过，人世间再浓烈的感情，无论友情还是爱情，都能被时间抹平。就像伤口，总会愈合。现实世界哪有多么多童话故事，兜兜转转，当初被伤害过的人还会在原地等待。

其实林舒说得也不算错，随着时间的推移，心上逐渐覆上了一层薄痂。

时间越久，痂越厚。

一年年过去了，曾经任性又娇气的小少爷也长成了大人。

毕业后，洛林远听从林舒的安排，进了画廊，见识了更多事，更多人。

直到他在大雪纷飞的一个晚上，背着画具，偶遇一位街头艺人，熟悉的曲调飘到了他的耳边，吉他演绎的《星空》，宛如一把利刃，戳破了他心中那层厚痂。

那一刻，往事席卷而出，想起他怀有歉意的人……

原来，自己对过往从未释怀。

所以，他不顾一切回了国，却在真正落地C城的刹那，被C

城的改变所震慑。

他回到三中,却发现三中早已更名合并。

物是如此,人又如何。

总归是他的选择,又能怪谁。

那些不顾一切想要面对过往的勇气被现实泼了盆冷水,火苗熄灭大半,只剩一点点勇气,却又不敢去找。

如今看来,倒被他猜准了。

面对他的时候,俞寒表现得比他想象得还要成熟平和。

他开心,又有些难过。

原来,只剩下他停留在原地,画地为牢,不知何时才能解开心结。

而俞寒早已开始向前看,已经全然不在意过往了。

洛林远的满腔愁思被音乐激起,久久不能平复,需要一首《星空》。

《星空》没有,倒是俞寒问了几遍话,都没听他回应。

红灯亮起,俞寒停了车,关掉音乐,叫他名字:"洛林远!"

洛林远被惊醒,将惆怅和狼狈藏起,可惜眼神藏不住,露出些许。

他避开俞寒的视线,开口问道:"怎么了?"

俞寒说:"除了这些,你没有其他要问的吗?"

洛林远振作精神,找话题聊:"你现在在做什么工作?"

俞寒说:"软件开发。"

洛林远吃惊道:"C大有这个专业吗?"

绿灯亮起，俞寒转头看路，面无表情地说道："我没读C大。"

这话激起了洛林远无尽的好奇，他依稀记得，俞寒的生父关朔风继承的是家业，搞的是连锁商城，跟软件开发没有半毛钱关系。

关朔风当年那样逼俞寒，这么多年，俞寒不仅没有改回姓氏，甚至从事的工作都与关朔风毫无关系？

洛林远陷入沉思，俞寒却无法再忍受沉默了，问道："还有呢？"

洛林远茫然道："还有什么？"

俞寒语气平缓，好似云淡风轻地说道："关于我的，你还有没有想知道的？"

洛林远犹豫地开口问道："那……外婆还好吗？"

俞寒没有立刻回答，洛林远的心揪了起来。

俞寒说："她过世了。"

洛林远连声道："对不起，我没想到……"

俞寒说："没事。"

这时，洛林远住的小区已经越来越近，两个人不约而同地安静了下来。

俞寒是不想说话，洛林远则不敢说话。

车子缓缓停了下来，停靠在路边。

洛林远解开安全带，同时他听见了手刹被拉响，是熄火的声音。

俞寒说："我送你。"

洛林远连忙说："没关系的，你送我到小区门口就够了。"

俞寒说："你不是怕黑吗？"

当年洛林远就是出个小区门口，都要别人送，因为他怕黑，也因为他有夜盲症。

洛林远没再拒绝，他打开车门下了车，夜风吹了过来，扫到了他忘记穿外套而露着的胳膊上，他忍不住打了个寒战。

虽然这样黑，俞寒还是注意到了，他说："等下。"

然后俞寒打开车门，从后座拿出了一件薄外套，颜色很浅，看起来不像俞寒的衣服。

俞寒递给他，说："穿上。"

洛林远没有拒绝，接过来穿好。

从前他忙的时候，总觉得家离小区门口太远，路太漫长。今天跟着俞寒一起走，却觉得路太短，怎么一会儿就到了。

到了单元楼下，洛林远停住脚步，不太情愿说道："我到了。"他指了指其中一栋楼，"我住在这里十一楼。"

俞寒看了那栋楼一眼，说："好。"

洛林远有点蒙，好什么，难道俞寒还要来做客不成？

俞寒重复了第三遍那个问题，他说："关于我的，你还有没有想知道的？"

洛林远在黑暗里静了一会儿："我想知道的，你都会跟我说吗？"

俞寒说："嗯。"

洛林远问他："为什么？"

俞寒没有回答。

洛林远突然道："俞寒，你已经有你自己的生活了……你现在过得挺好的。"

他感觉从舌根都泛起苦来，他说："说到底，与我无关吧。"

他听见俞寒说："与你无关……"

洛林远攥紧了外套的一角。

俞寒呼吸越来越重，却在某一刻，尽数收了回去。

俞寒说："那么再见，洛林远。"

洛林远突然明白，为什么他说"再见"的时候，俞寒的表情会如此。

"再见"这个词，果然很难听。又难听，又刺耳。

他的心跳从慢到快，小区里的灯虽然不亮，但也不暗。

即使有夜盲症，他也能看得清路，何必让人来送。

他早已不是当年那个骄纵的洛小少爷，无须事事让人帮忙。

绘园里从大到小的事情，都是他全权操办，他连简单的装修都会了：钉墙挂画，拆装家具。

不知谁家的狗叫了一声，将应声灯都喊亮了。同时清晰的，还有他的视野，他看见俞寒渐远的背影。

他追了几步，扬声道："你明天还来吗？"

俞寒停了脚步，不说话也不回头。

洛林远放软了语气，夹杂着微不可闻的颤音："来吧。"

不要因为讨厌我了，就不来了。

你讨厌我了吗？

洛林远回到家里，在玄关处站了许久，才缓慢地将心口处的郁气吐出。

他突然觉得很饿，饿得烧心，只是这么多年来，他什么都学会了，除了下厨。

他进了厨房，本来想给自己煮颗鸡蛋，却笨手笨脚，险些将整锅热水打翻。

在惊吓之余，洛林远吸了吸鼻子，捂着脸回到客厅，躺在沙发上。

太蠢了，怎么能说出那样的话。

为什么呢？多年后好不容易得来的机会，他怎么不会说话了？

洛林远猛地从沙发上坐起，拿出手机拨打了通跨国视讯，手机的另一端迟迟才被接起来。入镜是全白床单，凌乱黑发，传来性感慵懒的声音，那人说："祖宗，你知道我这里几点吗？"

洛林远说："十一点，你该起床了。"

镜头晃动着，屏幕里出现了一张好看的脸，眉眼狭长，眼下泪痣，同声音一样的质感。

洛林远还在镜头里看见床上另外一边躺着人，洛林远道："你换女友了？"

韩追在那边点了根烟，不走心地说道："宝贝儿，跟你说了多少遍，大人的事情你不要管。"

洛林远说："我有事要问你。"

韩追问："找到你老同学了？"

洛林远说："嗯。"

韩追吃惊道："还真给你找到了，厉害厉害。"

洛林远将今晚的事情都讲了，过程中各种"矫揉造作"，让韩追听得额露青筋,又强行压抑下来,不打断他。

听到最后,韩追说:"你这个老同学人品怎么样?"

洛林远立刻道:"当然好,非常好!"

韩追说:"走一步算一步吧。"

洛林远:"……"

问了等于白问,还堵心。

韩追那边的人醒了,韩追就跟洛林远说:"挂了啊,对了宝贝儿,我下周回国,记得来接我。"说完他便结束通话。

洛林远甚至来不及问,你怎么突然要回国,几点的飞机。

韩追是他在国外上大学时认识的校友,跟他同一届,也是C城人。

当年在那场派对阻止了他喝下那杯酒,是他的恩人。

问过韩追以后,他的情绪并没有好太多,洗漱完毕就抱着俞寒的衣服进了房间。

他想,一旦衣服洗坏了,要是俞寒问他要,他就买一件新的同款蒙混过关。

等洛林远看到衣服的牌子,这个想法便打了折扣。

俞寒现在真是太奢侈了,这个牌子的衣服很贵啊,现在让他买,他有点舍不得。

也许俞寒不会跟他要,今天晚上不是头也不回地走了吗,可能明天后天都不会理他了。

不理就不理,孩子都在他这个机构里了,还能一辈子都不理他吗?

洛林远挨着枕头睡着了,全然不知还有人被他刺激得无心睡眠。

方肖愁眉苦脸地出来喝酒,捂着自己的胃,苦哈哈地对俞寒说:"哥!你是我哥,都喝了几天的酒了,我真的不行了。"

俞寒把酒杯放下,沉静道:"坐。"

方肖愁死了,只能坐下。

不过坐了以后,俞寒也没让他喝,自己一个人闷头痛饮,不用看也知道跟洛林远关系不妙。

方肖本来还想幸灾乐祸,谁让昨天他听到俞寒说洛林远回来的时候,震惊又兴奋,连声追问洛林远现在在哪儿,被俞寒一句"我不告诉你",就给堵了回去。

抓心挠肝一整晚也毫无办法,俞寒不告诉他,他真查不到。

现在不还是要让他出手帮忙?

方肖抱着胳膊挑眉道:"你俩到底怎么了?"

俞寒喝了两杯,迟钝道:"没什么。"

方肖无语地想,没什么你还要买醉?

俞寒说:"方肖,你不要跟他说我的事。"

方肖说:"怎么说,我甚至没他的联系方式。"他超级记仇。

俞寒真的醉了,也不知道他来之前到底喝了多少。方肖看见俞寒闭上眼睛,对他说:"不要说,因为……跟他没有关系。"

方肖说:"什么没关系,你不是……"

俞寒说:"跟他无关,他没必要知道……"

说完,他彻底趴了下去,不省人事。

这让方肖头都大了,敢情大半夜的,让他过来是要兼职代驾,把人安全送到家的啊？

行吧，谁让他够兄弟呢。

第二日，洛林远特地换了几套衣服。在镜子面前站着转圈，他不禁恍惚地想着，好像许多年没这样在意过穿着了。

他想穿得成熟些，不要这样孩子气。

俞寒就很成熟，不像他，依然是高中生风格。

洛林远摸了摸自己光洁的下巴，苦恼地想要不要留点胡子，络腮胡多有男人味啊。

等他到了绘园，满心期待地开始了一整天的忙碌。

一直忙到晚上，一看时间都六点了，他连饭都没吃完，放下工作就跑出去迎接家长。

就像注定失望一样，他没等到俞寒。

芋圆是被一个中年妇女送过来的，应该是他们家的阿姨。

俞寒……不来了。

他昨晚说，不要讨厌他，明天还来好不好？

俞寒没来，果然是讨厌他了。

这个念头攥紧了洛林远的心，他站在走廊上，直到目送最后一个家长进入课室，这才慢慢往回走。

果然不回国就好了，不面对就好了，回来了多难过。

韩追以前还说俞寒会原谅他，要真是这样，也许他还好受点。

俞寒不仅不原谅他，还讨厌他这个人，还有比这个更失败的结果吗？

洛林远坐在办公桌前,明明有那么多的事情等着他做,但是他四肢无力,动都动不了。整个人陷入一团无法逃脱的灰雾里,除了趴在那里难受,他什么也做不了。

不知道走神了多久,下课音乐都响起了,有人敲响了办公室门。

洛林远强撑精神,坐起来,说:"进来。"

进门的是杨老师,手里还牵着个小孩。

芋圆穿着小围裙,手上还沾着颜料,笑着对他喊哥哥。

洛林远起身走了过去,蹲到芋圆面前,问他:"乖乖,找我有事啊?"

芋圆身负任务,老实当一个传话筒,他说:"爸爸今天来不了,他让我跟哥哥说一声。"

洛林远怔住了,半天才道:"你爸爸为什么要你来跟我说……"

芋圆说:"爸爸不能来,他太忙了,只有姨姨陪我。"

芋圆说完后期待地朝洛林远伸出小手,着急地说:"奖励。"

杨老师在旁边笑道:"他知道你平时会给小朋友糖当奖励,闹着也要呢。"

芋圆不好意思地放下手,软软地说道:"不能要吗?"

洛林远连声道:"当然可以!"

他从兜里掏出一把五颜六色的糖,最后挑了一颗果糖放进芋圆手里。

洛林远犹豫了下,又给了芋圆一颗奶糖,耐心说道:"这是哥哥给你爸爸的,不能偷吃哦。"

芋圆看右手的果糖，又看左手的奶糖，不明白为什么要为难他这个只有三岁的小朋友。

他真的很想都吃了。

吃还是不吃，坏孩子还是好孩子？

真是个困难的选择。

晚安
WAN　AN

・06・

然而，小芋圆的糖没能送出去，当晚姨姨来接他，却是把他送到了徐叔叔家。

徐叔叔长得也很漂亮，芋圆喜欢。

爸爸有时候太忙了，就会把他送到叔叔家，让叔叔陪他。

徐叔叔的家也有一个他的房间，专门给他准备着，让他经常来住。徐叔叔一见到他，就过来对他亲亲抱抱，还带他玩玩具。

没能见到爸爸，又被玩具分了心，芋圆就把糖的事情忘了。

直到第二天徐叔叔把他送到班里，他才想起这件事。

他慢吞吞地跟徐叔叔说，他忘记把哥哥的糖给爸爸了，要去找哥哥说对不起。

徐小晓挑眉道："什么哥哥？哪来的哥哥，为什么要给你爸糖？你爸不是再也不吃糖了吗？"

芋圆说："他跟我抢糖吃。"

徐小晓问："跟你抢？"

芋圆说："小气鬼！爸爸小气！"

徐小晓又说："既然爸爸这么小气，就跟叔叔回家好不好，叔叔会好好照顾你的。"

芋圆慢吞吞道:"不行。"

徐小晓:"为什么不行!"

芋圆像个小大人:"你还有别人,爸爸只有我,不行的。"

徐小晓眼睛一酸,心中感慨万千,不等他表达出来,芋圆就跟个小大人一样摸了摸他的手,安慰他似的,紧接着就没心没肺转头去跟小姐姐玩了。

这边洛林远还在跟合作方打电话,跟对方磨场地的事情。

他之前打算举办一个跳蚤市场的活动,让小朋友跟家长一起制作店面,卖自己闲置的玩具。

他还打算顺便义卖一部分画,收益捐给山区的小朋友。

这样一个大型的活动,安全问题、场地问题、人流量等方方面面都要考虑到。光是想想要做用来跟家长讲解的PPT,就已经有种让人头秃的感觉。

好不容易结束通话,他才有空起身去接热水吃药。

小诊所的针和药都很有效,烧退了,感冒也好得差不多。

他清楚自己的身体情况,不能掉以轻心,药还得吃完才行。

路过一班的时候,洛林远站在门边探头探脑。

小班的孩子们正在"投喂"小怪兽,那是他们的教学玩具,怪兽的嘴巴做成了圆形、方形、三角形,让孩子们把对应形状的积木块投进去,让小朋友理解"形状"的概念。

芋圆很聪明,很快就投好了,无所事事地坐在小椅子上摇晃脚尖。

洛林远在班里扫视一圈，没能看见自己想见的人，有点沮丧，心想：俞寒收到糖了吗？难道要他送花吗？他送俞寒康乃馨，致伟大的父亲总可以吧？

他瞎想一通，想到俞寒收到康乃馨后可能会黑脸，就觉得好笑。

芋圆无聊地四处张望，看见洛林远站在门口，有点想站起来，但又不敢，只能冲他微微地招手，张嘴巴无声说话。

洛林远被他引了过去，蹲在芋圆面前，问他："怎么了？"

芋圆道："对不起，哥哥，我没把糖送到。"他好像在内疚，眉头皱得紧紧的。

这一本正经的小模样倒跟俞寒相似了。

洛林远说："乖乖，这不是什么大不了的事情，没关系，用不着道歉。"

下次他亲自送吧，还显得有诚意点。

芋圆说："不要叫我乖乖，你叫每个小朋友都是乖乖。"

哟，还醋上了，年纪这么小，醋性这么大。

洛林远问他："那我该叫你什么？"

芋圆说："跟爸爸一样叫我芋圆吧，能吃的那个芋圆。"

芋圆又说："爸爸说，答应了别人的事情就要做到，没做到就要说对不起，这是做人的基本。"

这一长串话，芋圆说得慢极了，中途一度因为回想爸爸到底说过什么而卡壳，所幸磕磕巴巴的，还是全部背了下来。

他刚背完，就见面前的园长哥哥就跟受伤了一样，疼得表情都变了。

芋圆忐忑地问道："哥哥，你不舒服吗？"

洛林远忍着疼，摇了摇头。

确实很不舒服，因为这话连三岁的小孩都懂，他却没有做到，还是俞寒亲口教的。

也不知道，俞寒教给小孩这个道理的时候，心里想的是不是他这个违背诺言的窝囊家伙。

俞寒将近一个礼拜都没有来，洛林远犹豫再三，再次拨通了俞寒的电话。

这通电话跟上次一样，在他后悔之前就被接了起来。

洛林远拿着手机，手指不安地抠着桌角，说："俞先生，你不来上课吗？"

那边静了一阵，回道："洛园长，我记得我有请人陪芋圆上课。"

洛林远说："我想……小孩想念爸爸了。"

俞寒好像叹了口气，声音疲惫地说道："知道了，我还在出差，麻烦洛园长多看顾一下芋圆，我周五飞机回来，到时候会准时来陪课。"

刚出差完吗？

洛林远赶紧道："刚回来还是休息比较好，也不用这么急着来。"

那边俞寒笑了下，声音的震颤传到了洛林远的耳朵里，一阵痒。

同时，他也听见那边传来一个男声，应该是秘书，催促俞寒去开会。

洛林远主动道："你去忙吧，再见。"

- 065

说罢，他挂断了电话。

到了晚上，洛林远就发现送芋圆过来的，是一个看不出年纪的美貌男人。

他听见芋圆喊那个男人"叔叔"。

徐小晓带着芋圆跟老师们说再见的时候，感觉手里的芋圆掰着他的手，他下意识一松，孩子撒手就跑了，再一看，人已经扑到一个男生身上了，一口一个甜甜的哥哥，还厚脸皮地跟人家要糖。

徐小晓赶紧走了过去，看了那个男生一眼，长得挺年轻，也没穿围裙，大概是哪个小孩的哥哥。

徐小晓赶紧把芋圆逮了回来，低头道歉："不好意思！"

男生笑了下，说："没关系。"说罢，男生就蹲下身，拿出一颗糖贿赂芋圆。

芋圆要了糖还不够，还要亲亲，把自己的肉脸凑过去，半点都不带见外的。

徐小晓觉得丢人，虽然他一直都知道芋圆这臭小子的性子，就喜欢长得好看的人，越好看越喜欢。

他仔细打量那个男生，确实长得很好。

男生亲了下芋圆，又抬眼看了一眼徐小晓。

洛林远站起身，正经地冲徐小晓伸出手，说道："您好，我是鱼缘的园长，您今天陪孩子上过课以后，感觉课程怎么样？"

徐小晓恍然大悟，忙伸出手，说道："原来是园长啊，抱歉抱歉，我还以为你是学生，长得太显小了。"

徐小晓又说道："很好，课程挺有趣，搞得我都想来上课了。"

两个人说说笑笑，就聊了起来。

徐小晓对这个年轻的园长感觉不错，聊了半天，他才反应过来，芋圆说有"哥哥"给俞寒送糖，原来是这个哥哥啊。

他一时间也不知道该说什么了，以免造成什么不必要的误会。

徐小晓道："我是俞寒他哥，帮忙带下小孩。"

本意虽好，但洛林远知道俞寒没有兄，倒有个弟，是关朔风和其他女人生的。

送走所有小朋友以后，洛林远打扫完卫生，回到办公室拿着手机，思来想去，最后还是发短信。

关系靠近"基本法"，总得加上个微信。

他没多纠结，把一句老套的搭讪词发了出去：俞先生，能加一下你的微信吗？

俞寒在收到微信前，先接到了徐小晓的电话。

他接起问："怎么了，芋圆闯祸了吗？"

徐小晓说："干什么要污蔑我侄子，谁闯祸了心里没点数啊。"

俞寒说："说重点，我忙。"

徐小晓问："你跟人家鱼缘的园长是什么关系？"

俞寒没想到他会问这个，问道："怎么了？"

徐小晓说："还怎么了，我听芋圆说，你还跟他抢园长的糖吃？你不是说再也不吃糖了吗？"

俞寒放松背脊，靠在椅子上，说："他问你我们的关系了吗？

你怎么答的?"

徐小晓说:"还能怎么答,我说我是你哥啊。"

俞寒说:"他知道我没哥。"

徐小晓说:"啊?……哦,怪不得他表情怪怪的,原来知道我撒谎了,那现在怎么办啊?"

俞寒说:"什么怎么办?挂了。"

徐小晓:"喂!"

徐小晓拿着被挂断的手机气急败坏的时候,洛林远那边收到了一条短信。

一串号码,跟这个手机号是一样的,俞寒的微信号。

洛林远快速地加上,那边也通过得很快。

俞寒的头像是个剪影,两个人站在一块儿,背景好像是医院。

根本看不清到底是谁,洛林远专门截图放大了,也没研究出个所以然来。

再看朋友圈,三天可见。

行吧。

刚往下一拉,就跳出来了俞寒的一条朋友圈。

他说:晚安。

不知道跟谁说,也不知道有谁能看见。

旧友

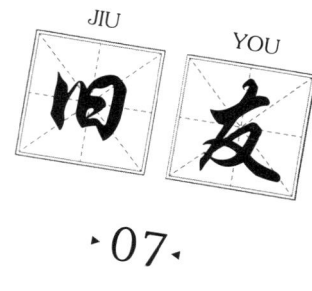

·07·

洛林远在研究俞寒的微信时,接到了一通电话。

来电人语气激动,上来就一句:"洛林远!你这么多年藏哪儿去了!"

洛林远差点被口水呛到,出声问道:"你是?"

那边声音更高了:"你这个人!竟然连我的声音都认不出来了?!"

语气如怨妇,潜台词死鬼,搞得洛林远莫名其妙,心想:除了俞寒,他什么时候还多亏欠了一个人?

又听这人埋怨了几句,洛林远终于认出来了:"方肖!"

方肖说:"还知道是我啊!"

自从给了陶情手机号码之后,他其实暗地里一直在期待方肖联系他。

如果让他自己主动去联系他们,他总有种近乡情怯的感觉。

听到方肖的声音后,洛林远内疚瞬间涌上心头,其实还是应该他主动去联系方肖的。他们做了那么多年的朋友,当年他无处可去,是方肖收留了他。

方肖一直无条件支持着他,是他太自私了,只考虑到自己。

洛林远郑重地说道:"方肖,对不起。"

这么多年了，没跟你联系。

方肖又骂了他几句，跟他约了见面，让他下班去吃火锅。就他们两个人，喝点小酒，唠一唠这几年的生活和经历。

洛林远一口答应，甚至为此专门请了个假，他连生病都不敢离开，这次请假只为了久未相见的好友。

在吵闹的火锅店里，洛林远为了避免排长队的尴尬情况，提前预订好了包厢。

他提前半个小时就到了，等待期间喝下了半壶茶水。

直到服务员领着一个人进来，他猛地从椅子上站了起来。

方肖成熟不少，还穿着西装，应该是一下班就赶过来了。

方肖的目光刚落到洛林远身上，表情立刻一板，弄得本来想迎上去的洛林远无措地站在原地，看方肖的脸色，犹犹豫豫道："你不是真的要揍我吧？"

方肖反手把包厢门关上，环抱起手臂，脸黑得跟张飞似的。

洛林远咬牙，心里想着死就死吧，"慷慨赴义状"说道："那你揍吧，先说好，别打脸！"

方肖大步冲了过来，洛林远紧张地闭上眼，结果他被结结实实地抱住了。

方肖用力地搂着洛林远，狠拍了他后背好几下，说："浑蛋！狗东西，招人恨的臭小子！你回来都不联系我！要不是我媳妇今天给我打电话告诉我，我是不是还要搜遍整个C城去找你啊！"

洛林远眼睛一热，说："对不起。"

他又说了一次。

- 071

方肖推开他，嫉妒道："你这是消失在哪个虫洞里又穿越回来了吗？音讯全无就算了，怎么一点都不见老，还跟高中一个样子！"

洛林远摸了摸脸，说："天生的。"

他又仔细地看了眼方肖的脸，说："你把胡楂儿处理一下，看起来也没那么像三十岁的人。"

方肖呸了声："你才三十岁，老子这叫成熟魅力商业男。"

洛林远敷衍道："是是是。"

服务员端着锅进来，看着两位客人站门口拉拉扯扯，搂搂抱抱，面无表情道："先生，借过，放锅。"

方肖便跟洛林远挨着坐在了同一边，让开了门口的位置。

洛林远被他肉麻到了，说："你坐对面去。"

方肖说："不行，这么久没见了，你不想多看看我的脸吗？"

洛林远说："不想，方肖……你怎么结婚以后，变得这么腻歪啊？"

方肖立刻说："我不是，我没有。"

他们俩对视一会儿，同时哈哈大笑，没明白他们俩笑点的服务员小哥，面无表情地退下了，把门敞着，等下进来送菜会方便些。

方肖在席上问他这些年到底去哪儿了，洛林远没说得太详细。

他也没法说详细，有些事情只适合憋死在心里，谁也不能告诉。

因此他只是淡淡地回道："我那时候出了些事情，家里让我去国外，我就去了。"

方肖说："你去的是另一个国家，又不是外太空，怎么连我都不告诉！"

洛林远苦笑了下，又道歉。

方肖见他这个样子，都不忍心再骂了："那你现在回来了，再不许跟我玩失联。先把我跟陶情的结婚红包补上！"

洛林远立刻表态："绝对补。"

方肖说："浑小子，本来我伴郎的位置应该是你的！"

洛林远说："你结婚得太快，但我保证，我肯定是你小孩的干爹。"

方肖说："那必须的！"

洛林远又嘱咐道："对了，我回来的事情，你别告诉你爸。"

方肖一愣，没明白过来这是为什么。

洛林远找了个借口："我背着我爸偷偷回来的，他还以为我在国外呢。"

方肖问道："叔叔不让你回来？怎么这样？！"

菜品陆续上来了，洛林远把脑花放进锅里，再下虾滑，心想：洛霆何止是不想让他回来啊，他在 C 城，还要尽量避开洛霆。

不跟方肖联系，一定程度上也是因为方家和洛家当年走得很近，他觉得不安全。

方肖见他不愿说，也不多问。其实他跟洛林远见面，也打算说一说俞寒的事情，但是俞寒那晚酒后一直让他不要说。

他出门前还特意跟媳妇谈了谈。

陶情跟他说，俞寒既然不想让洛林远知道，那就是俞寒有自己的顾虑。

方肖说:"他有什么顾虑,男人嘛,胸怀四海,怎么能纠结面子?"

陶情气定神闲道:"万一小远已经不打算提及往事了呢?"

方肖被这么一说,堵得心里发闷,他想说"怎么可能",却说不出来。

毕竟,大家断联不是七个月,而是七年。

更何况当年的他们还那样年轻,即使遭遇的事情在现在看来并非大事,但当年的他们又怎么能看得开?

陶情说得也有道理。

他跟俞寒认识了七年,深知俞寒的人品和气量,旁人却未必这么觉得。

陶情说:"万一小远知道了以后,觉得更加内疚,更有负担,更不想跟俞寒打交道了,这不是很伤人?"

陶情又说:"所以俞寒不想你说,有他的道理。他和小远两个人的事情,外人帮不了,只能看他们自己。"

方肖隔着火锅的热气,看洛林远说说笑笑的脸,终究是将心里话压了下去。

小情儿说得对,两个人之间的隔阂和误会,还是得他们自己解决。

如果他们有心,兜兜转转会把过往的误解真正翻篇。如果他们不够坚定,那旁人说再多也没用。

两个人插科打诨,不说正事,陌生感褪去,友谊回温。

在火锅店分开后,洛林远回到绘园心情很好。想到俞寒过几天就回来了,心情就更好了。

大概是有了期待,心定下来,日子就过得快。

白天他埋头工作,闲暇时刷刷微信,深夜里绞尽脑汁发点歌词截图,时间就这样过去了。

结果因为他的朋友圈内容,韩追特意在微信里找他,问他受了什么刺激,怎么这样非主流。方肖还在朋友圈下边评论他肉麻。

这可把洛林远气坏了。

周四的深夜,韩追突然给洛林远打电话,在他被吵醒生气的边缘淡定地告知明天的航班回国。

洛林远拿着手机没好气道:"你知不知道这边几点?"

韩追说:"知道,两点。"

洛林远说:"不接机,你自便。"

韩追那边很吵,可能在机场,他说:"年轻人别太嘴硬,还要不要我帮你分析了?"

洛林远:"反正你分析得也不靠谱。"

说完,他挂了电话。

韩追不在意地发了短信过来,说:明天中午,十二点到。

虽然嘴上说着讨厌韩追,但结束通话后,洛林远还是很快重新入眠,在早上醒来的时候,脾气已消了。

到了绘园,洛林远跟其他员工安排了一下工作,叫小熊老师给自己代班,他则乘着地铁去机场给韩追接机。

他还给韩追做个小牌,心里想着,如果不做小牌的话,韩追肯定嫌弃他接机没有排面,要唠叨他。

韩追要是知道他回国混这么久了还没买车,指不定要怎么笑话他。这个娇贵多事的男人肯定回来的第二天就要买上一辆敞篷跑车,载上各种女人。

洛林远都能想象那个画面了。

地铁直达航站楼,洛林远在机场到达口的麦当劳等待,点了个"不素之霸"的汉堡套餐,又作死地吃了个麦旋风,仗着自己已经不怎么发烧咳嗽的身体。

只等韩追的航班抵达,他才慢吞吞地拿着麦旋风站在接机的位置,举着那个五颜六色的欢迎牌,站着发呆。

他塞着耳机,周围的人来来往往,有分别的、有重逢的,有紧紧相拥的父母和子女,也有久别重逢深情相拥的情侣。

耳机里放着 AGA 的《圆》,他最近总喜欢听这种歌。

不经意地抬头,他在人群里一眼认出了一个人。

他看见俞寒拉着行李箱,从出口拐弯出来,额边凌乱的发丝在行走间被微微吹拂,所有的一切就像被放慢了动作。

俞寒不经意间朝这边看了一眼,愣住了。

他们隔着人群相望。

歌声浅浅地飘散在空气里。

俞寒穿着黑色的衬衣和西裤,身形修长,拉着行李箱绕过人群,走到洛林远面前,问他:"你怎么会在这里?"

洛林远恍惚道："可能是为了遇见你吧。"

俞寒被他的土味语录逗得想笑，他抬手指了指洛林远手里的接机牌，说："这么隆重，还做了个接机牌？"

接机牌上画着彩虹色的独角兽，写着大大的"C城欢迎你"。

洛林远从未如此庆幸自己没在这个接机牌上写名字。

俞寒问："你怎么知道我这个时间到？"

洛林远尴尬了，摸了摸鼻子，小声嘀咕道："是啊，我怎么知道的……"

俞寒问他："你不会是在这里等了很久吧？"

他以为洛林远在电话里听到他今天回来，特意来机场等了一整天。

洛林远没有承认，更不敢否认，都这种时候了，再说实话岂不是让俞寒很丢人，就当是个美丽的误会吧。

至于韩追……接不到就接不到吧。他会给韩追约辆专车，专车司机会接待好韩追的。

"洛·没良心·满眼只有别人·林远"在心中默默放弃了韩追，在俞寒面前老实巴交地点头，还厚颜无耻地说道："等得挺饿，你饿吗？"

吃过飞机餐的俞寒并不饿，但面对特意前来接机的洛林远，他说不出拒绝的话。

洛林远的主动让他意外，他还以为这个人会像第一天遇见那样，态度躲避，模样瑟缩，畏惧他到永远呢。

他更没想到洛林远会做出等在机场接他这样的蠢事……蠢得

- 077

令人感动。

俞寒伸手接过洛林远手里的接机牌,说:"给我吧,不重吗?"
说完,俞寒还看了眼洛林远手上的麦旋风。
洛林远心虚极了,赶紧道:"我只吃了麦旋风,其他的什么也……"然后他打了个大大的嗝。
俞寒:"……"
洛林远赶紧说:"哈哈……我肠胃不好,这雪糕太冰了。"
俞寒把接机牌放在行李箱上,说:"那就不要吃了。"
洛林远转身就跑到垃圾桶旁边,扔完之后又小跑回来,仰着头看俞寒,模样乖巧得不行,问:"我们去哪儿吃饭?"
俞寒看了看四周,说:"我让助理过来接我,还要等一会儿,上车再说。"

洛林远问道:"助理来接?你本来是要去哪儿的?"
俞寒回:"公司。"
洛林远又问:"很忙吗?"
俞寒突然抬手捉住他的手腕,将他往自己这边一拖。
洛林远愣了一下,双脚绵软,差点摔倒。
最终他站住了,停在了俞寒的一步之距,抬头看向俞寒。

身后传来道谢声,一位家长推着硕大的行李车,上面还坐着个孩子。
原来俞寒拉他,是为了让出路来,好方便行人过路。

俞寒道："先出去，这里人太多。"

两人走到门口，却没出去，洛林远问："怎么不走了？"
俞寒说："里面有空调，外面热。"洛林远当年最怕热了。
俞寒掏出手机，联系助理，问他何时才能到。
助理被卡在了高速路上，说是前方大概有车祸，一时半会儿还下不了高速，估计最快也要半个小时。
洛林远站在旁边，也拿出手机，在微信上给韩追发消息，告诉韩追自己没办法接他了，给他约了车，订好了酒店，明天再约饭。
韩追迟迟没回他，应该还没下飞机。
这边，俞寒挂了电话，说："他堵车，还得等一会儿。你很饿吗，要不在机场这里吃吧？"抬眸一望，到达口这边的餐饮店只有一家麦当劳。
洛林远问："还要多久？"
俞寒说："半个小时。"
半个小时？韩追肯定到了，他们不能再站在这里了！不然跟韩追撞上，就得是年度第一尴尬事件。
洛林远说："那就麦当劳吧。"
于是，两个大男人在麦当劳点了个下午茶套餐。
俞寒又问洛林远要不要吃汉堡，洛林远已经撑得慌，但为了表现出很饿的样子，还是勉强点点头。

等餐到了，洛林远起身去洗手，坐下来先用湿纸巾擦手，还用普通纸巾再仔细擦干。

一旁的俞寒看他这套流程，笑了笑。

洛林远问："笑什么？你要湿纸巾吗？"

俞寒点头，洛林远递给他一张。

两个人吃得都不多，洛林远简直要把一根薯条分成十次来吃。

而俞寒除了喝水，几乎没怎么动。

洛林远万万没想到，他们两个第一次吃饭，竟然是吃麦当劳。

就不能换个高级点的地方吗，不提环境小桥流水，好歹也吃点有营养、非油炸的食物吧。

洛林远道："这次是你付的钱，下次我请吧。"

不等俞寒答应，他们所在位置的玻璃窗就被敲了两下。

韩追站在外面，笑着望着他们，洛林远一瞬间冷汗直下，唇干舌燥。

韩追拉着行李，绕过了玻璃，走进麦当劳，站到他们的桌前，说："行啊你，林远，现在都会玩惊喜这套了，不是说不来接我吗？"

洛林远僵硬地瞪他，韩追又看俞寒，问道："这位帅哥是？"

俞寒起身道："你好，我是俞寒。"

韩追一双桃花眼微眯，心想：这位应该就是洛林远的那个老同学了。

他冲洛林远抛了个眼神，暗示他进度不错，竟然已经和好了，都能陪他来接机了。

俞寒问道："你是？"

韩追说:"我是林远的朋友,韩追,韩国的韩,追求的追。"

俞寒说:"他今天是来接你的?"

韩追觉得这话好像有点不太对劲,不明现下状况,只能实话实说:"是啊,他刚刚还在微信上开玩笑说不能来接我了,我想说他真的没良心,幸好我肚子饿,来买个汉堡,不然就被他耍了。"

俞寒说:"原来如此。"

洛林远:"……"不想说话,想死。

韩追这才看到俞寒的行李箱,问:"你怎么也拖着行李箱,要出差吗?"

俞寒得体地笑着,说:"是刚出差回来,也是今天的飞机。"

韩追:"……"

他看向洛林远,洛林远"生无可恋"。

俞寒将行李箱上的那个写着"C城欢迎你"的接机牌拿起,递给韩追,说:"我想,这个接机牌应该是他特意做给你的,是我搞错了,还以为是给我的。"

韩追:"……"

俞寒拿出手机看了眼,说:"我得先走一步,公司有事,忙。"

韩追:"……"

洛林远见俞寒要走,心中着急,但又因为这起大型"翻车事故"而不敢讲话,只能拼命用眼神暗示韩追,叫他把人留下。

韩追赶紧揽住了俞寒的肩膀,他们身高相近,俞寒猝不及防之下,还真被拖住了,不由面露错愕之色。

韩追爽朗地笑着,说道:"怎么这么急,东西都还没吃完呢,吃完再走呗。"

洛林远盯着韩追的手,用眼神示意他别做得太夸张了!

果然,俞寒掰开了韩追的手,说:"不用,我吃得差不多了。"

韩追说:"别啊,我这个人最喜欢看着别人吃东西了,尤其是你长得这么帅,看着都有胃口,坐吧。"

俞寒面无表情地说:"这是两人桌。"

韩追说:"简单。"

他松开俞寒,还用脚别着俞寒的行李箱,不让人走。然后长胳膊一伸,拖过旁边的椅子放在中间,说:"这不就行了,坐下坐下。"

俞寒只好坐了回去。

洛林远虽然庆幸俞寒留下了,却一时半会儿也不知道怎么面对这个局面,只能保持沉默。

韩追恨铁不成钢地在桌下踢了洛林远一脚。

洛林远差点没弹起来,感觉到裤腿一定被踢脏了,但俞寒就在对面,他还不敢查看。

韩追三两口解决了一个鸡翅,说:"林远,给我点杯可乐,渴死我了。"

俞寒说:"我给你点吧。"

韩追笑道:"谢啦,帅哥。"

他看了眼俞寒的手,问:"帅哥结婚了没?"

俞寒说:"没有。"

洛林远一下子坐直了,竖起耳朵,一脸想问又不敢问的可怜样儿。

俞寒反问:"你和洛林远在哪儿认识的?"

韩追挑眉,问:"洛林远?"

俞寒说:"我喊得不对?"

韩追说:"我俩在国外就读同一所大学,他……"洛林远在桌底狠狠给了他一脚,把他都踹疼了。

韩追皱起眉头,瞪向洛林远。

洛林远装作看窗外风景,不理他。

他们自以为动作隐蔽,却不知一切都很明显,明显到俞寒看得一清二楚。

同样明显的,还有这两人之间的默契,用眼神交流着只有他们才知道的事情。

他是个局外人,还自以为洛林远是来接他的,原来不过是场令人尴尬的误会罢了。

也是,洛林远从没说过一句,我是来接你的。

他怎么就误会了,还闹出了这场笑话。

俞寒垂下眼,将那些难堪与难受尽数敛起,重新看向对面二人时,便已心负铠甲,好似无坚不摧。

他淡然地与韩追交谈,将场面的气氛恢复融洽,直到助理的电话到来。

他拿着手机起身,冲他们二人点头,歉然道:"不好意思,我真的得走了,助理已经到了。"

他甚至还问:"需要送你们吗?"

洛林远尴尬得快窒息了,他后悔将俞寒留下了。

韩追说:"行啊,我……"

洛林远扯了扯韩追的衣服,说:"我给你叫了专车,别麻烦人家。"

俞寒好似没看见,也没勉强,拉着行李就走了。

HUA SHU
花 束
・08・

韩追笑着目送人离开，等人走远了，这才回头对洛林远道："你是弱智吗？！"

不等洛林远说话，韩追继续道："你傻了吧，你还想不想和你老同学和解啊，不知道的还以为是他当初做错了事想求你的原谅，你压根不想和好似的。"

洛林远说："怎么可能！"

韩追说："那你说什么给我叫了专车，别麻烦人家，人家？！我要是你那位同学，我就把这杯可乐倒你脸上让你清醒清醒！你到底会不会说话啊林远！"

洛林远本来就够难受了，事情变成这样并非他所愿，胃里挤着一堆油炸食品，此刻都翻涌起来，简直要命。

他捂着胃难受地："不然你要我说什么，真一起坐他的车走啊，我受不了这份尴尬。"说是这么说，被韩追一提醒，他也琢磨出那句话的不对来。

韩追问他："胃疼？"

洛林远点头。

韩追说："该，让你不会说话！明明是来接我的，结果见到老同学就把我这个朋友抛弃了。"

洛林远翻了个白眼,说:"是谁辛辛苦苦帮你安抚找上门的姑娘,要不是我,你早在国外不知道被揍多少次。"

韩追怕他提不堪的旧事,一秒怂,狗腿地说道:"林远,远远,林同学,身体很难受吧?来来来,我扶着你,走,我们去坐专车。"

洛林远说:"滚。"

最后,俩人只能先去了药店。

韩追拖着行李箱陪洛林远在药店买药,让他当场吃下。

洛林远有气无力地坐在药店的椅子上,身旁一排是傍晚出来乘凉的老头和老太太。

小孩快活地在他们面前跑来跑去,洛林远出神地看着。

韩追说:"你刚听见了吧,你同学说没结婚,你找机会问问小孩的事。"

一提这事,洛林远也一肚子疑惑,不自觉地弓腰抓自己的头发,使劲薅,差点把发际线都薅后了几厘米。

韩追看着心疼,赶紧说:"别薅了,年纪轻轻地把自己搞秃了,我还想有这么多头发呢。"

韩追哪里都好,就是头发少了点,平日里得做做造型,假装一下发量很多的样子。

洛林远说:"别管我,烦着呢。你说怎么办啊!"

韩追下意识掏烟出来,犹豫了下,又塞回去,说:"能怎么办,

- 087

去求原谅,说好话呗。"

洛林远说:"他又不是小姑娘,会爱听好话?"

韩追说:"怎么不爱听了,你性别歧视啊,你想想以前怎么和他相处的。"

洛林远说:"以前是以前,现在是现在,以前我跟他是互相信任的朋友,现在我俩断联七年,当年还一堆误会,他怎么可能那么容易就原谅我啊?"

更何况,以前俞寒也没生过他的气啊。

想想都觉得心酸。

韩追耸肩,表示无话可说。

洛林远不想跟他继续争辩这个,把韩追送到了酒店。

韩追不是 C 城本地人,但接下来要在 C 城发展。

下车前,韩追跟洛林远道:"明天我要看房。"

洛林远说:"找中介。"

韩追说:"朋友,我需要你。"

洛林远说:"会给你找个超级靠谱的中介,拜拜。"

韩追:"……"

洛林远马不停蹄地赶赴绘园,忐忑地等到了上晚课的时间。

结果,芋圆是被阿姨送过来的,原本答应好要来陪课的俞寒并没有来。

俞寒应该不是因为讨厌他吧?

哎,应该有点。但他确实忙,要不怎么说 IT 男哪怕是在结婚度蜜月，公司有事都得往回赶。

钱是赚很多，就是没有多少私人时间。

其实，俞寒好歹算半个老板，他跟大学几个好友合伙，成功研发了一款软件，拿到了投资，最难熬的时间已经过去了。如今公司的发展已经步入正轨，大家也不需要像之前那样整夜整夜地熬在公司里。

芊圆没爹没妈的一个小可怜，跟俞寒挺像，所以他才决定把芊圆接回家。

只是他错估了小孩早熟的时间，把芊圆从徐小晓那里接来时，两岁的小孩比他们想象中要懂得更多。

大概是因为童言无忌，芊圆在玩耍时从别的小朋友那里知道自己与他人的不同。

比如别人都有爸妈，他只有叔叔。

芊圆该明白的都明白，虽然还是叫他爸爸，却仍忍不住用羡慕的眼神看别的一家三口。

芊圆的母亲叫京琳，在年纪很小的时候便独立外出打拼，与家人关系极差，渐渐就没了联系。

而京琳的男友陈震，他家里人并不喜欢京琳，甚至数次给陈震安排相亲，希望他能与京琳分手。京琳脾性刚烈，也曾因为这些事要跟陈震分手。

但两个人架不住心中有彼此，纠缠下还是复合了。

没想到陈震在一场火灾事故中过世了，不久京琳发现自己怀了孕。

失去恋人的打击，再加上孕期情绪忧郁，难产时发生大出血，京琳没抢救过来。

徐小晓带着孩子找过陈震的家里人，结果他们不肯承认这孩子是他们家的。

俞寒从未见过徐小晓这样愤怒，想来是说了相当难听的话。

徐小晓不愿将芋圆硬往那里送，不用想也知道芋圆寄人篱下的日子不会好过，倒不如他们几个人将孩子养大。

本来是徐小晓要收养芋圆的，但他本人的家庭关系复杂，一时半会儿没办法抚养芋圆。在事情陷入僵局的时候，俞寒提出要收养芋圆。

徐小晓劝过他，俞寒的态度很坚定。

徐小晓说："你多年轻啊，过几年就不这么想了，别轻易做决定。"

俞寒很冷静地回答："那京琳的孩子怎么办，你也知道这个孩子的处境有多特殊。除了我们，还有谁会照顾他？"

俞寒又说："而且外婆走之前，要不是你和京姐帮我，我不一定能撑过来。"

有了小孩以后，俞寒的生活确实骤然大变，他不再一心扑在公司，知道要回家，懂得注意身体，不只是一心拼工作。

从前徐小晓唠叨了一百遍的话，俞寒现在已能自觉做到。

晚上回到家时，住家阿姨披着外套从房间里走出来，问："先生，要不要吃点夜宵？"

俞寒轻手轻脚地去看过孩子，出来后，阿姨跟他说："今天放学的时候，老师给了我这个。"

她将一张单子递过来，上边的内容是关于家长与孩子互动的活动，一同制作跳蚤市场的店面，卖自己的小玩具，时间在这周六下午四点到晚上七点，地点是人民广场。

阿姨说："老师们说这几天都要做这个店面，要家长和孩子亲手做。先生你有空去上课吗，没空的话我陪小圆圆也行。"

俞寒很忙碌，只能让阿姨先陪着芋圆做店面，平日里在微信上关注阿姨发来的照片，看那店面摊位一步步成形，贴满了各种小动物的绘片和小花花。

在周五的晚上，俞寒总算能空出一段时间，便带芋圆去上课。

路上，芋圆还埋怨他这个爸爸："我和姨姨都要做完了，你才来，没诚意！"

俞寒说："爸爸错了。"

芋圆又说："哥哥总是问我你什么时候来。"

俞寒说："你怎么回答？"

芋圆说："我说我不知道啊，爸爸，我觉得哥哥真的真的——"芋圆把语调拉得很长。

俞寒忍不住问道："真的什么？"

芋圆说："真的很喜欢我啊，我肯定是他最喜欢的小朋友。"

俞寒哧了一声。

芋圆急了，说："真的！哥哥抱我最多了，还总是来看我，给我糖吃。"

俞寒说：" 糖？我有没有说过你不能多吃糖，交出来。"

芋圆的嘴巴都扁起来了，最后掏出了好几颗糖，心疼坏了。

他忍着没吃，一颗颗地存起来了，是想送给他的真姐姐。

他本来想用这些糖讨女孩的欢心，再告诉真姐姐自己是被爸爸逼着学画画去了，不是故意不找她玩的。

一颗真心断送在自己爸爸手里。

俞寒揣着一兜的糖，把芋圆送进了教室。

芋圆的店铺已经快做好了，只差一点点。

芋圆坐在小凳子，趴在桌上写写画画。俞寒在旁边为那徒有其表，风吹就倒的儿童纸摊位加固。

他将果糖含在嘴里，动手很快，动作利落，不等一节课结束，就将摊位搞定。

这时，一双穿着黄袜子、踩着白拖鞋的脚出现在了他旁边。

俞寒垂眸一看，拖鞋上还充满童趣地竖着两个猫耳朵。

那脚趾头不安地在黄袜子里挤呀挤，动来动去。

俞寒眯眼，嚼碎了嘴里的果糖，甜腻的糖心融化在舌头上，草莓味的。

俞寒抬眼，洛林远冲他露出了个笑，说："你来了。"

俞寒没应声。

洛林远说："你去我办公室拿花吧。"

俞寒问："我为什么要去？"

洛林远咬唇，瞎编道："我们会给做得最好的家长送花。"

俞寒没有为难他，配合起身，跟他走进了办公室。

洛林远的办公室之前还不是这样,现在一进门就能闻到各种花的味道。

办公室里插满了各种各样的花,甚至还有几朵养在了倒空的饮料瓶里。

有风信子、栀子花、马蹄莲等,简直让人眼花缭乱。

其中有几束已经有点蔫,像是买来了许多天,俞寒已经错过了它最美的花期。

洛林远走到办公桌后面,弯腰抱起一捧嫩黄的花。

俞寒瞳孔微缩,突然意识到了什么。

洛林远将脸颊贴在柔嫩的花上,轻轻蹭了蹭,说:"这是迎春花。"

他说:"听说只要是春天开的花,都属于迎春花。但是最早开的,只有它。"

洛林远伸直手臂,将花束捧到了俞寒面前,如此郑重。

他颤颤巍巍地问:"你喜欢吗,俞寒?"

那束花捧在半空中,时间耽搁越久,仿佛越重。

洛林远胳膊酸了,心也跟着寸寸泛酸。

与他一步之遥的俞寒脸色不明,不似高兴,也不像被冒犯,可以说平静得有些诡异,这种反应不在洛林远的想象范围中。

他曾想过俞寒也许会欣然接过,又或嗤之以鼻,他会随着对方给予的反应伤心或难过。

俞寒没有接花，反问道："为什么要送我花？"

不等洛林远答，他又道："哦，是了，要送给手工做得最好的家长。"

他抬手接了洛林远手里的花。

花束从洛林远的掌心里被抽去，包装纸的尾端在他食指上勾了下，竟让他觉出了股怅然若失。

不是这样，不该这样。

他抿唇蹙眉，让旁人看了，还以为他送花送得不情愿，舍不得。

俞寒抓着那束花，静了会儿，像是等他说话。

没等到，俞寒便神色淡淡地点头，道："谢谢，还有事吗？"

洛林远无言地摇摇头，眼睁睁看着俞寒走了出去。

他瞪着眼，觉得事情实在不尽如人意。他没精打采地去接了水，将办公室里的花都浇了一圈。

因为不专心，水溅在地上，湿漉漉的一片。等他回神，拖鞋的脚印已经满办公室都是。这些花他买了许多天了，一天捧一束带过来上班。

别的老师问他要送谁，他通通不答。

一日日过去，不同的花都堆满了办公室，又舍不得扔，只得尽数养下。

直到买到迎春花时，等的那个人终于来了。

洛林远把水壶放到一边，蹲在了栀子花面前，小心翼翼地揉着花瓣，自言自语道："其实这些花都是我在示好，是太不明显了吗？所以你不知道。"

洛林远用手背压了压眼角，不知蹲了多久，才想到起身。

腿麻了一片，他弯腰用手拍了拍酸胀的小腿，说："没关系没关系，下次加油。"他给自己打气。

拿了花的俞寒其实并没有洛林远所想的那样冷静，他双手捧着那束花，在园长办公室外站了很久，为难地蹙眉，不知道该把这花怎么办。

既然洛林远都说了这是送给家长的奖励，他何必自顾自地给这花加上什么特殊含义。

俞寒抱着花回教室，芋圆直起腰，看着爸爸将嘴巴张成了个小"O"。

等俞寒坐下，他伸手要拿花来闻一闻。

俞寒把花移开，说："画你的画。"

芋圆说："花花，香！爸爸我也要！"

俞寒说："这是爸爸的花。"

芋圆扁嘴，嫌弃地说："小气！"

俞寒淡然地回道："你已经是个三岁的孩子了，该学会自己想要的东西，自己去买。"

芋圆说："爸爸……你作为大人还抢我糖。"

俞寒置若罔闻，只拿着那花翻来覆去地看，芋圆就在旁边就着实体写生，最后整出了个大黄花，啪地糊在了那个摊位上。

晚上到家的时候，阿姨看先生出门了一趟，竟然捧着花回来，便要找个玻璃瓶将花装起来。

俞寒说:"把去年我去意大利出差买的瓶子拿出来。"

阿姨惊讶地说道:"那个不是很贵吗?"

俞寒说:"值得。"

也不知道是送花的人值得,还是花值得。

不知道俞寒是不是高兴,反正韩追不太高兴。

他带着一位美女回到酒店的房间还没五分钟,门铃竟然响了。

大门一边响着门铃一边被捶响,伴着洛林远扯着嗓子在门外叫喊的声音:"开门,韩追,快开门!我知道你在里面。"

美女生气地说道:"搞什么啊!"

韩追双手合十,抱歉地说道:"不好意思美女,你先回房间吧。"

美女没想着要走,却被下了逐客令,顿时大翻白眼,气急败坏地拉开门,差点跟洛林远撞个正着。

在外面大闹的洛林远酒气熏人,看到韩追的房里冲出一个女的,吓得开始打嗝。

美女瞪了他一眼,本来要骂的脏话却因为看清他的脸,又舍不得骂了,只轻飘飘地吐出一句近似娇嗔的"神经病"。

韩追整理好仪表走出来,见洛林远还傻在走廊上打嗝,小身板一抽一抽的。

韩追靠着门做个潇洒的姿势,微笑道:"有事说事,没事快滚。"

洛林远嘴角下垂:"你说的根本没用……"

韩追见他喝了酒,叹声道:"还没求得原谅?"

洛林远挤开韩追,往里走,说:"说什么呢,不是你让我说好话哄的吗？"

韩追问："所以呢，你怎么哄的？"

洛林远就把自己送花的事说了一遭。

韩追仔细听了，问他："你有说为什么要送花吗？"

洛林远想了想，还真没有，他说："他怎么可能会信我的借口，这么假。"

韩追说："为什么不信，你办公室不都跟个花店一样吗，到处都是花，送人东西，最怕就是看起来多，你只给他一小部分，瞧着没诚意，跟随手送的一样。"

洛林远急了，说："他应该知道我的意思啊！"

韩追问："什么意思？"

洛林远说："那是办公室里唯一一束迎春花啊！"

韩追问："他要是没看出来呢？"

洛林远不想说话了。

韩追见他支支吾吾地半天不说话，叹了一声："你干脆送他向日葵好了。"

洛林远觉得特意来跑一趟，问韩追的自己简直是个傻子，韩追自己的事情都整不明白呢。

韩追说："你还喝上了，你这破酒量，还想借酒消愁啊？"

洛林远说："酒能壮胆。"

韩追挑眉，问："你想干吗，出息了啊，你想……"杀到他家去吗？

洛林远说:"我要给他打电话。"

韩追:"……"

滚吧滚吧,一天到晚让人糟心的厌货。

洛林远人都来了,顺便问了韩追缺不缺什么东西,他已经找好了中介,马上就能看房。

韩追不耐烦地摸烟赶人,说:"我什么也不缺,你赶紧走,房我自己看,你忙自己的事去吧。"

洛林远见他脾气大,想来是因为他刚刚坏了韩追的好事,为免韩追酒后算账,他麻利地滚了。

噩梦
·09·

洛林远来到酒店大堂,趁着酒意未消,拨通了俞寒电话。

他靠在大堂的皮沙发上,指甲扣着边沿,等待接通,一颗泡了酒的心不断冒泡。在听到俞寒的声音那刻,酒成了柠檬汁,酸得透透的,忐忑也成了委屈。

俞寒说:"喂。"

洛林远闷闷不乐地说:"喂。"

俞寒的声音带了点回响,还有水声,声音仿佛都沾上了浴室的潮热:"什么事?"

洛林远猜出他在洗澡,或者洗完了,说:"一定要有事才能给你打电话吗?"

洛小疯子借酒发疯,把俞寒给问得一怔:"你怎么了?"

洛林远问:"花,你不喜欢吗?"

俞寒:"……"

洛林远说:"那向日葵你喜欢吗?我送你向日葵好不好?"

俞寒说:"这次又为了什么送我花?因为我带孩子带得好?"

洛林远回道:"不是。"

俞寒:"嗯?"

他疑问的声音带了鼻音,偏偏带着这样令人可憎的冷淡。

洛林远说:"一定要有理由才能送你花吗?"

俞寒说:"是啊。"

洛林远被他的回答堵住了,他听见俞寒一字一句地问:"所以你为什么要送我花?"

洛林远滚烫的脸挨在皮沙发上,他喉咙紧绷着,气息颤抖着。

洛林远捂着半张脸,几乎要蜷缩在酒店大堂的沙发上。

他怀疑自己是真的醉了,否则半梦半醒间,为什么能听见俞寒在电话里问他"你在哪儿"。

他带着鼻音问:"你要来找我吗?"

俞寒问:"在哪儿?"

洛林远说了酒店的名字,等通话结束,他在沙发上靠了半天,酒意让他脑子转不过弯,心脏却自作主张地猛跳,跳得他都没法坐稳。

他忍不住从大堂的沙发上坐起来,一路小跑冲到了酒店旁的便利店,买柠檬水、口香糖来解酒。

他又对着手机的前置摄像头企图打理自己的仪容,发现没法拯救,只能无可奈何地在双颊上拍了好几下,清醒清醒。

脸颊被抽得火辣,他转回了大堂,坐在原来的沙发上,腰笔直地挺着,颈项长伸,好似一只天鹅,不时抖擞羽翅。

洛林远不安地一遍又一遍地顺着自己微皱的衣服,盯着大门口来来往往的行人。

酒店是旋转门,每次那玻璃门被推得转动起来,他都要去看,看露出面容的是不是他所期待的那位。

等得久了，他不禁开始怀疑自己并没有打电话，一切只是幻觉，都是他自己虚构出来的一场梦。

本想再确定一次，却发现手机没电，早已黑屏。

他捏着手机，颓唐地靠回沙发上，嘴巴里的口香糖早已没了甜味，手机摔过不少次，钢化膜的边缘坑坑洼洼，扣在掌心里生疼。

果然是做梦吧，柠檬水瓶子从身上滚到地毯上，洛林远没力气去捡，无精打采地趴到了沙发扶手上，逐渐化作一摊死水。

酒意使人困倦，他以为他没睡，实际现实与梦境交织在一起，将他往下拖拽。

他又梦见他原本称作父亲的洛霆，满眼猩红地冲进病房里，死死握着他的双肩，目光可怖地望着他的脸。

洛林远在梦里出了一身冷汗，他好像知道接下来会发生什么事，但自我保护让他的梦中世界变成了无声的黑白默片。

他看着洛霆的嘴巴一张一合，看母亲林舒推开房门。

犹如被碰了逆鳞般的洛霆嘶喊着，他推开了洛林远，冲林舒走去。

自己还在输液，针头跑位，刺破了手背薄弱又青紫的皮肤，鲜血顺着指缝往下滴。

林舒被洛霆抽了一个耳光，女人踉跄后靠，撞在门上，跌落地面。

保护母亲的本能使病中的洛林远扯开了输液针，冲到了林舒身前，两臂伸直，害怕地将林舒护在了身后，抵挡洛霆。

洛霆愤怒地说着话，还是黑白默片，他什么也听不见。

但渐渐地，就像针刺开了空气中无形的墙，破了个口子，声音响起，他听见洛霆在吼着他的名字，一声又一声：洛林远！洛林远！

洛林远猛地睁开双眼，面上惊恐未退，神情紧绷地瞪着面前的人。

俞寒被他表情惊到，不自知地用上安抚的语气，问他："做噩梦了？"

洛林远还是愣愣的，没从梦里缓过来。

俞寒碰到了他的手，掌心滚烫。后来才发现，是他自己的手指太过冰凉。

俞寒见洛林远坐起，额发被汗湿透了，耷拉在眉毛上，眼皮微红，嘴唇煞白，不知道做了怎样的梦，被吓成这个样子。

洛林远好久才缓过来，想笑笑说没事，唇角却勾不起来。

他垂下眼皮，看着自己的手，情绪更差。

俞寒嗅了嗅空气中淡淡的酒气，说："你喝酒了。"

洛林远没说话，越过俞寒，探身想捡地上的柠檬水。

但是他身上没有力气，差点摔在地上。

俞寒以为他醉得彻底，伸手拉住他的肩膀，将他按在了沙发上，皱眉道："别动。"

他将洛林远要的柠檬水捡起，问："这是你的？"

洛林远"嗯"了声，没什么气力，接过水拧开喝了一口。

他喉咙干渴，犹如火烧，又痛又紧。

喝得太急，大半的水洒了出来，落在他颈项锁骨上，黏糊糊的。

洛林远一手拿水，一手扯着自己湿透的衣服，无措地看俞寒，开口道："怎么办？"

俞寒沉默片刻，对他说："你等一下。"

说罢，俞寒起身走向酒店前台，开房拿卡，再转回呆滞的洛林远面前，说："走吧。"

洛林远愣愣地起身，傻傻地跟在俞寒身后，心脏都要从喉咙里跳出来了。

俞寒真的搭理他了？不是开玩笑的？

他都还没买向日葵呢。

他们一前一后地走着，他在身后看着俞寒的背脊，看他不疾不徐的步伐，最后站住。

洛林远跟着停下，不明白发生了什么。

俞寒侧头，像是无奈地说道："一直在后面做什么，过来。"

洛林远像个愣头青一般，莽撞地走了过去。又因为喝了酒，身子不是很稳，险些摔跤，俞寒一把抓住他的手臂。

跟一个喝醉的人，是不能讲道理的。

心里还安慰自己，明天醒过来，他就当不知道就行了，装失忆。

第二日醒来，洛林远眼睛干涩，喉咙也疼。

屋内一片昏暗，不知几时，遮光窗帘被拉得严实，一丝光线未露。

洛林远艰难地睁眼，他眼皮肿胀，是昨夜哭得太过。小心翼翼在被子里缩了一会儿，他如蜗牛探出触角般，露出一双眼睛。

俞寒正坐在不远处看手机，神色严肃，像在处理公事。

洛林远沉默地偷看他，今天再见，颇为羞耻。现在酒醒了，觉得自己昨天简直是疯了，好像趁着酒劲儿哭着说了好多求原谅的话，此时如何见人。

他躲在被子里纠结，就听俞寒问："醒了？"

洛林远就跟小学生被老师点名一样，猛地坐起，又满脸扭曲，缓缓地趴了回去，说："醒了……头好疼啊。"

他好像听到俞寒没良心地轻笑了声。

俞寒拉开了窗帘，大片的阳光争先恐后地涌入。

洛林远呆傻地看着外面的晴朗天气，问："几点了？"

俞寒云淡风轻道："十二点了。"

洛林远僵在床上，问："我闹钟没响？"

俞寒说："响了，我叫你，你不想醒，还打了我几下。"

洛林远赧然道："有电话吗？"

俞寒说："替你接了。"

洛林远快速地掀开被子，拿起手机看微信，果不其然，接收了许多新消息。

他先拉到最下，小熊老师表示已接到他的请假，没问题，她能行。

直至中午，小熊老师都没发任何求助消息，确实如她所说，她能行。

洛林远不由松了口气。

洗漱刷牙，洛林远换上新的衣服。

俞寒给他买的衣服，很合他心意，从尺码到布料，合适舒服。只是，衣服的款式过分阳光，穿起来成熟不见，倒衬着那张嫩脸，像个青春洋溢的大男孩。

俞寒头也不抬，手指在九宫格上快速敲打，发布命令。

交代好助理，他按揉额头，半天没去上班，给他造成的负担不小。

抬眼一看，洛林远已经坐在酒店的皮椅上，一手撑着膝盖，慢吞吞地嚼着桌上的三明治。嫌用手拿脏，抓筷子叉着吃。

三明治往下滑，糊了他一嘴角的沙拉酱，洛林远懊恼地嘟起嘴巴，还要舔舔。

洛林远吃完三明治再喝奶，又糊了嘴巴一圈，手里用着手机，吃饭玩手机这毛病在开了绘园后自动好了。

事实证明，没法这么讲究的时候，人体只能自动适应。

慢悠悠吃完了早饭，洛林远赶紧起身，红着耳朵往外走，说道："行了行了，走吧，赶紧的，上班要迟到了。"本来早就迟到了。

俞寒快步追上，嘱咐他："慢点。"

上了车，俞寒接到一通来自家中的电话。

原来芋圆早上没看见爸爸，姨姨跟他说爸爸有事没有回家。

芋圆作为一个三岁的小孩，对自己的爸爸发出彻夜不归的谴责。

俞寒说："爸爸有事。"

芋圆说："有事也不能不回家呀，我才三岁。"

俞寒说："梁阿姨在家陪你。"

芋圆说："那也不行。"

俞寒哄他："晚上带你去找真姐姐玩。"

芋圆连忙回道："真的吗？！"

小孩年纪小，被成功地绕过去，一下开心起来。

芋圆问："爸爸你昨晚在哪儿？"

俞寒说："你有你的真姐姐，我也有我的洛哥哥。"

芋圆老实道："见朋友吗？方叔叔？"

俞寒说："晚上你就知道了。"

又聊了几句，跟梁阿姨谈了谈，俞寒便挂了电话。

他正打算启动汽车，一旁的洛林远靠了过来："再喊一声吧。"

俞寒侧头挑眉，问："什么？"

洛林远舔着嘴角，含笑道："洛哥哥啊。"听起来怪新奇的。

CHENG ZHANG
成 长
·10·

俞寒将他送到了绘园门口，洛林远目送对方的车离开。站在绘园门口足足飘忽了好几分钟，才想起往里走。

他一进门，便引起了一片起哄声，文琦雯老师脱口而出："林远，你这个工作狂居然会请假！"

洛林远轻咳一声："文老师，注意你的言辞，我是林园长。"

陈轻一脸姨母笑："不错啊，我们小林同志长大成人了啊，有自己的生活了，我很满意。"

洛林远云淡风轻的，然后拍拍手，说："好了，现在先工作，今晚就是鱼缘跳蚤市场开业，在家长群里交代一下注意事项，我们先去布置场地！"

说完他出了八卦集中地的茶水间，赶忙回到办公室。

这时，小熊老师走了进来，递给他一条丝巾，黑色底，香蕉图案。

小熊老师抬起手在脖子上比画了一下，说："知道怎么系吧？"

洛林远接过来，在脖子上打了个结，说："谢谢。"

洛林远身体不是很舒服，在跳蚤大会开始前，他又去了趟小诊所，打算要点药吃。

陶情见他来了，惊喜于见到老友，又忧心他是不是又生病了。

洛林远还没开口，哪知道老医生竟然还会把脉。

老医生说："好好休息，不要仗着自己还年轻就不把身体当回事。"

洛林远问："要吃药吗？"

老医生说："吃什么药，休息一段时间就好了。"

拿了药后，陶情将他送到了诊所门口，笑眯眯地看他。

洛林远被看得脸红，说："你有话就说，做什么笑成这样？"

陶情说："你知道吗，这么些年，我们还能找到你实在太好了。"

跳蚤大会六点开始，最热的时候已经过去了，俞寒带着芊圆到现场的时候，小朋友已经被热到摘掉了脑袋上的皮卡丘小帽子，露出乱糟糟的头发。

俞寒感受了一下气温，忧心地蹙眉。

芊圆拉着爸爸的手晃了晃，说："太热了爸爸，能不能吃雪糕？"

梁阿姨跟他们一起来了，怕现场人多，看不住孩子，便主动跟俞寒提出要来，俞寒同意了。

他们三人摆好了摊位，俞寒将装满了玩具的纸箱放到了摊位旁边，让芊圆和梁阿姨一起布置摊位，自己去找人。

鱼缘老师的展台在跳蚤市场的最前方，舞台边上。那里摆满了老师的画，还有一些学生的优秀作品。

跳蚤市场里到处都是人，熙熙攘攘，很热闹。

他想要找的那个人正在跟几个女老师一起搬东西。

鱼缘里只有洛林远一个人是男生，帮忙搬的东西难免多了些，因为身体不舒服，走走停停，没多久就一额头的汗。

　　他好不容易把一个重纸箱搬到了展台边，弯腰撑着双腿喘气，汗大颗大颗地落在了地上，脑海里想起了陶情说的话。

　　他以为没有人会等他，就像七年前，在这偌大的C城，再也待不下去，无法留下。

　　却从未想过，原来不是这样。

　　耳边传来了一声呼唤，他狠狠用手抹了把脸，指头的汗液顺进了眼睛，火辣辣地疼。

　　他抬眼，俞寒朝他走来，忧心地看了看他，却没有说太多，只问："还要搬多少？"

　　俞寒又说："你不要搬了，我来吧。"

　　听不到洛林远的回答，俞寒的声音逐渐迟疑，他仔细看洛林远的脸，皱眉道："怎么了，很不舒服吗？"

　　是的，他很不舒服。

　　俞寒见洛林远一脸煞白，强势地说："你先坐一会儿，待会儿我送你去医院。"

　　洛林远摇了摇头，说："我没事。"

　　哪里像没事的样子。

　　洛林远不想说，俞寒便也不逼问，周围都是人，吵吵闹闹，不是一个适合说话的地方。

　　他解开袖口，慢条斯理地挽起袖子，走入那群女老师中，帮忙搬东西。

洛林远被晾在旁边,满腹心酸,只用眼神追着俞寒的身影跑。

不过多久,他便重新振作起来,情绪仍旧处于低潮之中,可现实却有更多事要做。

他早已不是十八岁那个什么都无能为力的人了。

洛林远灌了半瓶水,振作精神,加入布置展台的队伍里。一会儿活动开始的时候,还有舞台表演,由跟他们有合作的跆拳道社和舞蹈班提供。

他还需要去跟那边的负责人员接洽。

六点半的时候,活动正式开始,因为有音乐和表演,人流量逐渐增加。

洛林远去跟出入口处的保安沟通,为了防止无关人员浑水摸鱼进入展会,参加这次活动的家长和小朋友都需要拿着专门的入场券,盖章才能入场。

小朋友多,成人也多,安全问题格外重要。

忙到晚上八点,一切有序进行,洛林远也松了一口气,回到展台旁边休息。

展台后边没什么灯光,被搭起来的防风篷掩去了一半的光线。在黑暗中,洛林远坐在椅子上,手肘撑着膝盖,疲倦又似不堪重负般弓起了身子。

那一刻,隐忍许久的眼泪噼里啪啦地落了下来。

他知道他不应该哭的,都是二十五岁的人了,有什么好哭的。

但是管不了，也没法管，他心疼又后悔，难受又憋闷。

七年时间，他后悔了，无比后悔。

门帘被掀开，有人走入了这个昏暗的角落，影子在地上被拉得极长，一直到他的脚背。

他听见俞寒说："找到了，原来你在这里。"

洛林远没出声，俞寒像是意识到什么，快步走来，蹲到他身前。

洛林远垂着头没说话，俞寒伸手碰了碰他湿润的脸。

迎着微弱光线，俞寒清楚地看见了洛林远湿成一片的脸颊。

俞寒声音低沉："为什么哭？"

洛林远胡乱擦掉了脸上的眼泪，缓和情绪，问："芋圆到底是谁的孩子？"

俞寒大概是没能料到，之前让他问他不问，却在这个时候，不合时宜的地点，莫名其妙的气氛里问了出来。

错愕了不过数秒，俞寒面上露出无可奈何的笑容。

洛林远安静地擦干了脸上的泪，同时得知了芋圆的身世。

听到京琳过世时，洛林远觉得肩上的那个文身仿佛都在发烫。

无法想象，曾经那个亲手替他文身的姐姐已经不在了。跟她的对话，也恍如昨日，她曾经对他说过，你是乖孩子。

这样温柔的人，竟然离开了。

俞寒的情绪也不高，京琳待俞寒很好。

对俞寒来说，京琳就是他的姐姐，他的亲人。提起亲人过世的伤心事，心情难免沉重。

这时洛林远伸手过来，说："我会对你好的。"

俞寒不知道为什么话题跳到这儿，便看向洛林远。

洛林远红着鼻子，认真说："我答应过京姐的，虽然中途没做到，但是现在也来得及。俞寒，我发誓，我会对你好的，很好很好的那种。我们这辈子都是最好的朋友。"

这时候，他好像又成了七年前那个年少轻狂的少年，但又没那么像，如今是这样郑重，仿佛他真的能做到。

不是仿佛，而是现在的他，真的能做到。

俞寒说："那你告诉我，你现在为什么叫林远？"

他等这个答案已经足够久，时隔七年后再次见面时，他就已经想问。

在园长办公室的活动照片里，他看到现在的洛林远不姓洛，而叫林远。

鱼缘的官方网站上，洛林远也叫林远。

他本来以为只是父母离异，但究竟发生了什么，让洛林远不再是从前的小少爷？

洛家这样有钱，即使是离婚了，也不见得会让自己的亲生孩子过成这样。

当年他参加过洛林远的成人生日会，知道洛霆到底有多看重这个独生子。

到底发生了什么事，才让洛林远根本不想让他知道，他现在已经不姓洛，而姓林？

韩追惊讶于他喊洛林远的全名，小熊老师也是，而阻止他们说出这件事的洛林远，所作所为并没有多高明，甚至漏洞百出。

他有了一些猜测，但他仍在等洛林远自己说。

这时，有呼喊声传来，是小熊老师："园长，快出来，出事了！"

洛林远立刻站起身，急急走出几步，又回头对俞寒说："等回头我找你，我们再谈这个事。"

洛林远走了出去，原来是一个家长的孩子丢了，正急急忙忙地找，找不到就冲来找老师和负责人了。

家长一直在哭，言语间还责怪鱼缘绘园，说他们搞这样的活动，安全也不做好一些。

如果她孩子丢了，她一定不让鱼缘好过。

洛林远虽然能理解孩子丢了家长着急的心情，但她也不能一股脑把责任全推在他们头上。

这时旁边就有家长说话了："明明是你自己没看好孩子，还怪人家老师！再说了，说不定没丢呢，你现在在这里闹，搞得大家都害怕，不知道还以为进了人贩子，你有没有再好好找找？"

那位家长急红了眼，瞪那个说话的人，怒道："丢的不是你孩子，说什么风凉话呢！我要是找得到还闹吗！"

俞寒跟在洛林远身后出来，见那个学生家长冲过来就抓住洛林远，力气极大，语气埋怨，忍不住想上前挡开那人。

没想到洛林远接下来的处理行为冷静而有条理，他先三言两语安抚下家长，说鱼缘绝无可能让人贩子进来，他们的票都是经过核实的，只有学生家长和家长的亲戚才能进来。

再加上进出门登记和盖章,开放的只有一个大门,现在他先让保安将门暂时关闭,然后他和几个老师去找找小朋友最后出现的地方,再问一问平时跟小朋友玩得好的几个同学。

他让家长不要太着急,半个小时后如果还找不到,他们会立刻报警。

那家长在洛林远的安慰下逐渐平缓了情绪,人也没有那么激动了。

洛林远问她:"你最后是在哪儿看到孩子的?"

家长拉着洛林远就往那个地方走,俞寒全程在旁边沉默地看着,见洛林远摆平了家长,带着老师们去找孩子,也松了口气。

孩子很快就被找到了,原来他找不到自己的妈妈以后,就跟平时另外一个玩得好的小朋友一起在舞台边看表演,还有一个家长陪着。

他母亲闹起来的时候,他还在没心没肺地吃糖,完全不知道不远处闹作一堆的人正在找他。

母亲找到孩子后,又气又急,狠狠地在小孩的屁股上打了几下,孩子疼得哇哇大哭。

孩子一哭,周围的家长就开始说她,搞得那位家长很没脸面,拉着小孩,也不知道该反驳谁,整张脸涨得通红。

洛林远蹲下身安慰小孩,拿出糖变魔术,让小孩猜猜是哪只手,猜对了就给他。

平日里林园长喜欢给小孩们糖,孩子们都喜欢他。

洛林远亲自出马,小孩抽抽搭搭地点了一只手,洛林远摊开

- 117

掌心，里面不止一颗，而是两颗糖，惊喜加倍，小孩一下笑开来，不哭了。

骚乱平息得很快，活动继续进行，已经到了尾声。

洛林远跟着老师们清点今天卖出去的画，这次收到的款项是下星期去山区支教的时候，给小孩们买文具用的。

卖得倒挺多，出乎洛林远的意料。

小熊老师偷偷捅他的腰窝，把他捅得笑出声，问道："你干吗？"

小熊比了个大拇指，说："芋圆他爸太有钱了，只要是你的作品，都高价买了。"

洛林远摸了摸腰，心想：俞寒怎么把画都买了，还不跟他说，怪感动的。

他在芋圆的摊位上找到了俞寒。

俞寒正在跟芋圆说话，看到洛林远来了，便冲他笑了。

洛林远本来慢慢走着，逐渐地，脚步越来越快，到了俞寒身前。

俞寒问："都处理好了？"

洛林远就跟一个考了满分的小孩一样，用力点头，脸上带点小骄傲，说："怎么说我现在也是个园长了，这点事情还是能处理的。"

俞寒挑眉，衬他的意，夸他："好棒。"

洛林远不骄傲了，闹得个大红脸。

芋圆也跟着起哄："洛哥哥好棒好棒，洛哥哥，我也要糖！"

俞寒按了按芋圆的小肚子，说："爸爸说过，你不许吃糖。"

芋圆气鼓了脸。

俞寒说:"也不许叫他洛哥哥,洛哥哥是只有爸爸能叫的。"

芋圆:"……"

他只是个三岁的小孩,但他真的活得好累。

秘密
·11·

晚上九点，活动终于结束，洛林远留下来收工。

小孩子一早困了，芋圆挂在梁阿姨的身上，小圆脸挤成一团，鞋都睡掉了一只。

俞寒抓着鞋子给芋圆穿上，送梁阿姨和孩子回到车上，请来代驾，让人送他们回去。芋圆早就过了平日的睡觉时间，生物钟一到，小孩"断电"早，睡得死沉，雷打不醒。

他对代驾细细叮嘱不要开得过快，夜间要安全驾驶，目送着两人离开，然后回身去帮洛林远的忙。

收尾比布置简单，只是现场卫生要有人指挥打扫。

总不能留下个烂摊子，等着环卫工人来做。

这不道德。

人多垃圾就多，一些垃圾扫把扫不动，只能伸手捡。

俞寒回来一看，就见洛林远弯腰捡起了一个饮料瓶，利索地扔进了一旁的垃圾桶里。

明明是最为普通的一个动作，俞寒的感觉却很复杂。

洛林远这个人当年天真矜贵，有严重洁癖，小脾气不断，即使想对别人好，也总是做一些让人哭笑不得，却又充满洛林远风格的"好事"。

俞寒曾经为此头疼过,也曾设想过这人以后要怎么办。

直到今天目睹了洛林远的成长,却没有全然地感到欣喜。

洛林远还不知自己的动作刺痛了一旁的俞寒,他特意戴了口罩、一双手套,换了身十来块淘来的衣服,穿完就扔的那种。

这时他拿着的扫把却被人夺了过去,洛林远怔愣了下,转头望去,俞寒面沉似水,抢了他的工具,还让他一边待着。

洛林远尴尬地叉腰,小声道:"别这样,其他老师都在扫呢,我这个园长……"

声音越来越小,在俞寒颇为严厉的目光里,他乖乖地站到一边,垂死挣扎道:"不让我扫地,那我搬东西可以吧。"

俞寒抿唇不理他,动作简洁迅速,三两句话的工夫,就清理出大片干净地方。

洛林远无法,只能去旁边搬点东西,整理下画册。

幸好家长撤离前,先带头清理了自家店面的残余垃圾,这是活动流程之一。

要让小朋友们懂得,自己丢的垃圾要自己清理。

可惜这个道理,俞大男孩不想懂,还不让他干活。要知道他作为活动发起人,应该以身作则、带头整理的。

然而俞寒一个顶五个洛林远,在他纠结的工夫,俞寒都开始帮助别人了。

洛林远买来了水,给几个女老师都叫了车,还在微信上发了红包,并且让女老师们将车牌号发到群里,有事就说,安全至上。

这时候洛林远又开始惦记买车的事了，他要是有车，这种场合就能将女老师们一一送回去。

俞寒把扫把和纸箱搬到了鱼缘租来的面包车上，身上的衣服也废了大半。

洛林远拿着水和湿巾过来，给俞寒清理手和脸，连带心疼他的衣服，说：“都让你不要忙了，这都脏得不能穿了。”

俞寒说：“没事。”

洛林远认得出衣服牌子，心疼地说道：“很贵啊。”

见俞寒眼睛往他身上衣服一扫，他忙笑了，还有点得意地说道：“我身上的是双十一时候买的，脏了也不怕，便宜。”

本来想跟俞寒展示他的聪明机智，哪知道俞寒听了以后心情复杂，一言不发。

他们还要将面包车开回绘园，回程路上，俞寒情绪不高。

洛林远坐在副驾上，也搞不明白俞寒怎么了，怎么好端端的，心情就变得这样差。

沉默了一路，洛林远中途几次起了话头，俞寒都没有要接的意思。

直到抵达绘园，洛林远下车，犹豫着回头问：“你要上去洗澡吗？”

他早就在绘园准备好了衣服，本来就是要在这边洗过澡，再坐车回去的。

现在多了一个俞寒，流程无须改变。

俞寒只好陪着他上去，洛林远蹲在园长办公室的抽屉前拿衣服，因为嫌自己手脏，仔仔细细用洗手液清洗过，才把衣服拿出来，送到俞寒面前。

想起俞寒的问题，洛林远决定告诉他。
既然俞寒都知道自己已经改姓，再瞒也没有意义。
他交代得轻松："你也知道，我高中的时候他们感情就不好，我读大学的时候他们就离婚了，我跟了我妈。"
俞寒沉默了下，又问："你为什么会跟你母亲？"
洛林远说："那时候我年纪小，离不开我妈，小孩不都跟着妈走吗，很正常。"
俞寒说："我以为你跟你爸关系更好。"
洛林远笑了笑，说："要不怎么说母子连心，关键时候我还是站我妈这边。"
俞寒问："那你为什么要瞒我？"
洛林远作出无辜的表情，说："我没瞒你啊，你是不是搞错了？"
确实也没有证据，小熊老师的那次中断许是意外，桌下踢韩追的那一脚也或者有别的原因。
俞寒注视着洛林远的双眼，分不清到底是真是假。

俞寒说："就算是他们离婚了，你父亲不至于这样不管你吧？"
堂堂洛家的独生子，不继承家业，在这儿搞幼儿教育机构？
洛林远坐了起来，揉了揉头发，说："我跟我妈走了，又不上进……"说到这里，又觉得不合时宜，他偷瞄了俞寒一眼，"哎呀，反正就是这样，我爸被我气得不轻，懒得理我。"
洛林远说："其实这样也好，要还在洛家，我指不定就被打包

- 125 -

送去联姻了,现在不也挺好的?"

他坐不住,起身踩着拖鞋去翻饮料,他园长办公室有个小冰箱,老师们最喜欢把夏天的水果冷饮往这里塞,他问:"你要喝什么?"

俞寒说:"不喝,你也别喝太多冰饮。"

洛林远不情不愿地关上冰箱门,俞寒说:"走吧,我送你回家。"

俞寒的车早已请代驾开了回去,说送不过是叫了一辆出租车,把洛林远送到家。

在出租车上,两人各坐一边,中间隔着一段距离。

有司机在,也不好说话,洛林远在群里问女老师们的到家情况,又去家长群庆祝今日的成功,还发了个群红包。

等一通忙活下来,平日里漫长路程,不过瞬息,便已抵达。

两人下了车,在街边站定,车子走远,洛林远才问:"你不回家?"

俞寒说:"去你家看看。"

语气笃定自然,搞得洛林远开始回想自己的房间到底有多乱,会不会乱到没法招待人。

洛林远住的公寓位置在二环内,老城区,没有电梯,租金还贼贵。

但是没办法,他不能住得离鱼缘太远。

六层楼的高度,洛林远一直无法习惯,回头喘着气看俞寒,问:"住得有点高,是不是很累?"

俞寒拍了拍他的背,说:"还好,你别喘得这么急,用鼻子呼吸。"

洛林远缓了半天，去开门点灯，他一个人住的一居室，床、衣柜、书桌，一眼望尽，旁边就是小厨房和浴室，一扇门隔着。

这个地方太小了，也就三十多平方米的样子。

洛林远让俞寒换上自己的拖鞋后，就去厨房倒水。

端着水杯出来，就见俞寒站在书柜边上抽他的画册。

洛林远心脏都吓停了，他忙走过去，还差点把水打翻，说："别看！"

俞寒动作一停，没翻开，洛林远已经直奔到他旁边了，还不敢抢，就可怜巴巴地看他，说："这不好看，太丢人了，别看了。"

瞧他哀求又不肯让他看的模样，可见又是一个小秘密。

俞寒把画放了回去，先为自己乱翻的行为说抱歉，他不是有意，又低头看表，觉得是时候该回家了。

俞寒心知自己这样不大度，不过是成年人都有的秘密，彼此有着界限，哪怕是朋友，也不能任意去试探。

更何况是像他们这样，断联多年后才勉强和好的旧友。

两人关系本就踩着边缘，摇摇欲坠，何必如此不识相，非要去一探究竟。

他将画册塞回原处，却被拦住。

洛林远把画册塞进俞寒手里，脸颊泛红，说："干吗要说对不起，我就是觉得……"

到底觉得什么，他没说，看俞寒拿着不翻，有点急了。

他就是见不得刚刚俞寒变得生疏的面孔，礼貌的举止，明明说着对不起，却让他觉得无比扎心。

这有什么好对不起的，对他这样客气，好像才缓和的关系，又被拉出了十万八千里的距离。

俞寒问他："我可以翻？"

洛林远都快恼羞成怒了，主动替人翻了，丢人就丢人吧，反正他在俞寒面前丢人的次数已经足够多了。

画册里是各种人物画。

最下面标着日期，都是几年前画的了。

俞寒先是慢慢地翻，间或夸一句洛林远画得不错，挺好，像模像样。

到后面就沉默下来，显然认出了里面的人有些是自己。

俞寒手里的画被洛林远拿开，洛林远皱着一双眉，小声讨饶道："都说不好看了。让你别看又不听，看这个干吗？"

俞寒声音低沉地问道："洛林远？"

洛林远柔软地应了声。

俞寒问："当年到底发生了什么事？你为什么突然转学了？"

洛林远拧着眉，半天才道："一定要说这个吗？"

俞寒没说话，目光严厉地看着他的脸，仿佛想从他面上找出一丝破绽。

洛林远松了劲儿，坐在了床上，抠着手指，说："那时候你也知道……学校里因为我的家世传出的那些难听的话，当时我觉得自己没法在这所学校继续念书了。"

洛林远继续说道:"所以家里让我出国,我答应了。"

他抬眼,冲俞寒无奈地笑了笑。

俞寒说:"所以你只用一条短信跟我草草告别,连当面说也不愿意?"

往事之所以为往事,就是不可说,不能碰,一碰就要伤感情。

洛林远有千言万语,都不可说,最后堵在喉头,化作一句无力的"对不起"。

俞寒立在原地静默,周身气势骇人。

洛林远不敢碰他,只坐在床上仰着头,一张脸不知是不是被灯照的,煞白。

他姿态放得很低,重复道:"对不起,不要生气。"

一片沉默里,俞寒突兀地笑了声,他捂着脸摇了摇头,只露出一双藏着痛苦的眼,他说:"没事,是我想多了。"

总觉得会是有什么缘由,总觉得洛林远不会因为流言而退缩。

俞寒只说:"不用道歉。"

确实没有什么好道歉的,当年承受恶意的是洛林远,不是他。

俞寒要走,洛林远送他到楼下,迟疑地望着,仿佛对待一个定时炸弹一样,小心翼翼的。

俞寒回头看他一眼,说:"怕什么?"

洛林远说:"怕你跟我生气。"

俞寒说:"我没生气。"

洛林远不信,上前抓着他的胳膊,问:"那明天还来上课吗?"

俞寒说:"不一定,我很忙。"

洛林远"哦"了一声，隔着几步看俞寒垂首打车，他跟着俞寒身后，将俞寒送到小区门口，目送他上车离开。

　　他嘟囔着："还说没生气。"

支教
ZHI JIAO
·12·

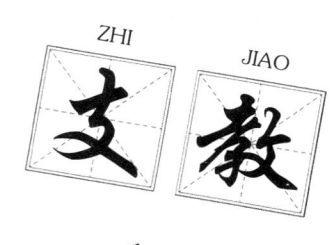

第二日俞寒去上课了，工作日程全让秘书安排在了白天，排得很紧，他命令秘书，怎么样也得将晚上给他空出来，有事就去找另外一个合伙人。

秘书问他："晚上去哪儿？这么急着要赶行程？"

俞寒签着文件，头也不抬，说："看孩子。"

秘书："……"

虽说昨晚是俞寒先不理的人，甩的脸色，但今天到了绘园，俞寒却发现和尚跑了，只剩下鱼缘这个庙。

俞寒问代理园长小熊老师，小熊老师惊讶道："园长去山区支教了，您不知道吗？"

俞寒掏出手机，依次打开微信、通话记录、短信，一一翻过，确定洛林远是一声不吭地跑了，一个字也没给他留。

这时，远在数百公里外山区的洛林远，一觉醒来，面对手机短信发送失败提示，傻了。

去支教这个事是临时决定的。昨天半夜，陈轻老师给他打电话，说小孩半夜高烧，突发肺炎，她走不了了。

本来定好的山区支教，不能就此取消。

去支教这活本来就又苦又累,还需要有经验的人带头。陈轻老师有这方面的经验,年前带着洛林远去过一次,所以现在只剩下有经验的洛林远能代课,去山区支教一个礼拜。

于是,他昨天半夜起来订大巴车票,收拾行李,又去陈轻老师家带上早已准备好的绘画文具。

今日本来要算昨天义卖的账目,来填平这笔文具支出,这个工作只能托付给小熊老师。

赶上大巴车的时候,才早上六点钟,洛林远根本没睡够,直接闷头睡去。中途车停在休息站时,他挣扎着醒来,给闹脾气的俞寒发了条微信,再次睡去。

哪知道抵达目的地,群山环绕,信号极差。

洛林远换上小巴车,再坐摩托,总算抵达了山区。

小孩们还记得他,相当热情,他让一个大孩子分发文具和绘本,然后开始拿着手机到处找信号。

找了将近半个钟头,最后他无奈地放弃了。这里是正儿八经的深山老林,别说信号了,就算要补给,也得开摩托车三个小时,到山下小镇去买。

平时村里只有几辆摩托车,必要的时候才会出动。

这村里已经没有年轻人了,都出去打工,只有一堆留守儿童和老人。

开摩托车的中年大叔忙得很,虽然都很感谢洛林远来支教,对他相当热情,但洛林远也不能因此就要求人把自己送去城镇上,只是为了打一通电话。

山区的晚上很静，夜空繁星点点，洛林远用手机拍了一张，再拿下来一看，发现根本没拍出星空，只有几点白星。

他心里想着俞寒，想着鱼缘，想着班里的小孩。

山区里的一小姑娘，穿着过年时才穿的好看衣裳，扎着两根麻花辫，犹犹豫豫地靠过来，给他分了一个刚烤好的红薯，软软甜甜，说老师吃。

洛林远便什么也不想了，只觉得面前的姑娘太可爱，这里的小孩都很乖。

环境不好，山里晚上很凉。洛林远只能用水打湿了毛巾，往身上擦，一周待下来，脏得没边了，浑身都痒。他实在忍不住，便冲了个冷水澡，洗了个头。

造作的下场，就是支教最后一天的时候，他"成功"生病了，鼻子堵塞，咳嗽连连。

他状态不好，村主任说要送他下山看病，洛林远就着水服药，连忙说不用。上课的时间本来就只剩一天了，怎么能浪费在这里。

他还自以为身体强健，哪知道洗个冷水澡就病了。

他拿着纸巾，差点把鼻子都擤掉，他戴着口罩和手套，一边咳嗽，一边给小孩贴红花，眼泪不停。

到中午的时候，他感觉实在撑不住了，就坐在教室里，挨着土黄的墙边，仰头歇息。

迷糊间听到有人在喊他，还将他口罩拉了下来。

洛林远艰难地睁开眼睛，看着面前的俞寒，发了会儿呆，声音沙哑道："我怎么梦见你了？"

面前的俞寒问他:"生病了?"

洛林远眨了下眼,泪就顺着脸颊流了下来。

他只是单纯难受出来的生理性泪水,却不知道这脆弱模样,将面前这个气势汹汹的人给搞得手足无措。

洛林远说:"嗯,病了,难受。"

俞寒说:"走吧。"

洛林远问:"去哪儿?"

俞寒说:"我接你回家。"

这时,有个小姑娘叫了一声:"叔叔,老师,村主任让我来给你们送饭。"

洛林远猛地坐起来,揉揉酸涩的眼睛,再碰了俞寒一下,说:"热的,活的,真的!"

他发出了三声感慨。

小姑娘把饭菜端过来,俞寒笑着说谢谢,把小姑娘给羞跑了。

洛林远终于反应过来面前的俞寒是个大活人,猛地号了声,把破锣嗓子都给扯疼了。

他双手捂住自己的脸,崩溃道:"不要看!"

俞寒问:"干吗呢你?"

洛林远说:"我现在丑死了,还脏。"

俞寒说:"不脏,快来吃饭吧。"

洛林远半信半疑地放下手,趁俞寒给他拿饭的工夫,看了眼手机前置摄像头里的自己。

洛林远:"……"

这个又肿又憔悴还丑的猪头是谁。

山里的饭菜简陋，洛林远囫囵吞了大半，这才问道："你怎么来了？"

这里交通不便，过来很累。

俞寒正经地回道："过来关爱山区儿童。"他看了洛林远一眼，"和老师。"

俞寒又说："本来想待一天再走，但是你病了，今晚就走。"

洛林远没有反驳，乖乖应了。

俞寒说："来这边为什么不跟我联系？"

洛林远说："这边信号不好，不是故意的。"

他拿出手机给俞寒看，信号那排连个 E 都显示不出来。

俞寒看了眼手机，没再追究。

洛林远却说："但是我一直想联系你的。"

"看到星星的时候在想，闻到花的时候在想，收到孩子们给我第一颗糖的时候在想。"

"俞寒，这边的日出很好看，看到太阳的时候，我特别想让你看到。"

俞寒愣了一下，然后故作正经道："别胡说八道。"

洛林远耸肩，没有辩驳，但不肯马上离开，起码将下午的课上完。

俞寒也没逼他，就搬着个小板凳坐一边，跟着其他小朋友一起上洛老师的课。

好像七年前后调换了个儿,现在洛林远才是那个老师。

温声细语,耐心十足,课程有趣,长成了一位温柔的大人。

洛林远在上完最后一点内容,宣布下课时,被最黏他的小女孩抱了腰,小孩眼睛红红的,把头埋进他衣服,最后还是没憋住,哇的一声哭出来,满是不舍。

这里的孩子最大的都有十二岁了,小的还什么都不懂,看姐姐哭了,也跟着一起哭。

整个教室的人哭作一团,洛林远也没能憋住,这场面简直就像场生离死别。

俞寒在山下停着辆租来的车,没法开到山上,只能在镇上找了个人,花钱坐摩托三轮车上来的。

他带来不少物资,现在清空了,腾出可以坐两个人的位置。

村主任本来要留他们吃饭,俞寒满心只想将洛林远带到山脚下看病,不愿拖延。

洛林远一步三回头地走了,还捧着孩子们塞给他的小礼物。

两个人坐在三轮车上摇来晃去的样子挺好笑的,好在俞寒并没有西装革履的,而是穿着T恤、牛仔裤、球鞋,清爽得像个大学生。

等洛林远从离别的情绪中回神,再看跟着他一起在三轮车上摇摇晃晃的俞寒,忍不住笑出声。

俞寒问他:"笑什么,不哭鼻子了?"

洛林远用掉了最后一张纸巾,说:"他们太乖了,分开了难受。"

那些离别惆怅，在他到达山脚回归城镇生活，痛快洗个澡之后缓解了许多。

洛林远湿着头发出来，被俞寒逮着吹干，又带去诊所看病拿药。

吃药好苦，自从洛林远身体好了不少后，就越发不爱吃药。

之前吃是没有办法，不敢生病，吃药为了预防。现在病都病了，他为什么还要吃药？

他把这套搬到俞寒面前唠叨，"有理有据"，跟俞寒叫板。

结果回酒店的时候，俞寒面无表情，问他："吃不吃药？"

吃，怎么不吃，他哪敢不吃。

吃过药，洛林远把自己裹在厚被子里，睡着了。

等一觉醒来，洛林远发现俞寒趴在他旁边睡着了。

显然昨晚没休息好，今天又赶了一早路，胳膊搭在他被子上，像是无意识的相护。

他分了被子过去，掖紧了。这边的天气不比C城，晚上冷得要盖被。

洛林远拿着手机出来，一个人在夜晚感慨万千，久违地发了一条朋友圈。

很快，他的朋友圈就引来了关心无数，洛林远都相当坦然地回复了。

方肖说："礼尚往来啊小远远，你满月酒的红包还没给。"

洛林远说："陶情都还没怀孕，就满月酒了？"

方肖说："迟早得有。"

洛林远说:"行吧,份子钱。"

方肖文:"什么鬼?"

洛林远:"我迟早也要结婚,份子钱你提前给了吧。"

两个人在那里贫嘴,一通跨国电话拨到了洛林远的手机上。

洛林远看了眼来电提醒,起身躲去浴室,将门关好,又把排气扇打开,尽量制造了些噪音,这才接通电话。

林舒问:"林远,你朋友圈怎么回事?"

洛林远卖乖地说道:"妈,你那边才早上吧,吃过早饭没?"

林舒不愿同他废话,切入正题:"你生病了?"

洛林远说:"嗯。"

林舒沉默了很长一段时间,说:"我明天的机票,后天到,来接我。"

洛林远说:"妈,你别闹了,我还要上班。"

林舒说:"那不用你来接,只需要把你公寓地址发一份给我就行。"

其余的事情,自然有林舒自己的助手来办,订酒店专车,都不用洛林远操心。

但是洛林远压根不是嫌麻烦的事,而是怕林舒过来以后,态度强硬地干涉他。

洛林远苦口婆心地说道:"妈,我没事,你来了我的身体也是这样。"

那边传来了水声,好似林舒将画笔砸进了水桶里,连画画的心情都没有了,看来这次他实在是将林舒惹毛了。

洛林远晓之以理:"我回来就算了,你回来要是让爸……让洛霆知道了,他不会高兴的。"

林舒说:"我还怕他不成?"

洛林远垂下眸,看着自己不住颤抖的左手,用力攥拳握紧,说:"妈妈,是我们先做了错事,怪不得爸爸。"

他到底还是想叫一声爸爸。

林舒说:"林远,做错事情的是我,跟你无关。你要是不给我公寓地址,我也可以找到你绘园去。"

洛林远哀求道:"妈妈。"

林舒说:"林远,不要任性,你身体到底怎么样,你心里有数。"

洛林远觉得自从他那次生病濒死,激发了林舒对他本能的保护欲,甚至有点过度了,好像他是脆弱的玻璃,一不小心就会碎得无法复原的那种。

洛林远甚至不敢说自己现在已经感冒了。

心肌炎实在是个麻烦的疾病,只要有诱因,就有复发的可能。

别人得感冒是小感冒,他的小感冒也许是致命的。

只是,自从出来工作后,他身体结实多了,生病的次数少了,也不见心肌炎复发的苗头。更何况他在家里和绘园里都备下了荣心丸。真要有个万一,还能吃个药缓缓。

洛林远说:"妈妈,你不要过来。我真的没事,我有分寸。"

林舒听出他声音里的抗拒,稍作退步:"你总要让我看一看你怎么样。"

洛林远立刻说："很好，非常好。"
林舒说："你说了不算。"

洛林远无可奈何，林舒不愿同他废话，她决定的事情，洛林远根本拦不住。
也不知道林舒来了，看见他又要说些什么。
是恨铁不成钢呢，还是像从前那样说他荒唐。
其实林舒是什么样的态度都没关系，他都不会再离开 C 城。
他放下手机，叹了口气，用手揉了揉胸口。
里头闷得厉害，不知是不是被突如其来的压力给闹的。
还是太冲动，忘记了微信里还有过度关心自己的亲妈。
不怪林舒非得亲自飞过来一趟看他。

复 发
FU FA

・13・

洛林远从浴室里出来，被胸口闷得灌了半瓶矿泉水。然后，他像个老太太一样捶着胸口，往床边走。

俞寒已经坐起来了，盯着他看。

洛林远猛不丁看见俞寒，被吓了一跳，脱口而出："你怎么醒了？"

大概是他脸上的心虚太明显，俞寒觉得事情不对，问："怎么了？"

见洛林远揉着胸口，俞寒便问："不舒服？"

洛林远想说还好，又有些犹豫，毕竟许多年前生了那场大病，他不敢轻忽。

更何况现在跟俞寒冰释前嫌了，日子正美，万一小病拖成大病，那就不好了，不能糟践身体。

洛林远迟疑点头，说："我想去医院，去大一点的那种。"

下午他还只觉得自己得的是小感冒，还没有出现这种胸腔不舒服的症状。

这种情况已经许多年没出现过了。

小镇上的医院再大也好不到哪里去，晚上出急诊的医生只有一位。

洛林远无法做太多检查,只能简单做个血检,再做个心电图。

洛林远看着时间,估计结果快要出来了,他对俞寒说自己饿了,饿得烧心,刚刚抽的半管血让他头晕。反正他就是闹,让俞寒去给他买夜宵,要清淡点的。

来医院的途中他注意过,这家医院附近没什么餐饮店,如果俞寒被他支出去,一时半会儿应该回不来。

洛林远放下心来,等候结果。

倒不是说他故意隐瞒,只是和医生沟通的时候总会提起这是自己的老毛病,要让俞寒知道了,指不定要问些什么。

这一问就要扯出从前的事情,他不想。他觉得不如别让俞寒知道,也免得对方担心,如果俞寒得知他身体这样糟糕,跟林舒那样保护过度他可就完了。

洛林远拿着心电图和血检结果见了医生,医生问他目前有什么症状。

他老实交代自己曾经得过一次比较严重的心肌炎,那时候休养了将近半年,痊愈以后至今没有复发过。

这次是因为休息不好,加上感冒了,心肌炎的一些症状又随之出现。

医生看了检查结果,同他点头道:"白细胞有点高,心律不齐。"

对这方面,洛林远自己已经有了不少经验,基本能确定自己是复发了。

医生又告诉他,目前来看,他的病情不是很严重,只能是开点药回去静养,好好休息,多补充点维生素。

心肌炎本来就不是马上能好的病，平日还是需要加强锻炼，尽量避免感冒，防止诱因出现。

医生说要多吃点蔬菜的时候，洛林远的肩膀上按上了一只手，吓得他浑身一抖。

俞寒的声音从洛林远后方传来，他在问医生关于这个病还要注意什么。

洛林远整个人僵住了，他不知道俞寒到底是什么时候来的，又听了多久。但是俞寒没有问他生了什么病，而是直接问要注意什么，看来一早就在听了。

医生开好药单，让他们去缴费。

洛林远起身想跟着，却被俞寒按回椅子上。

俞寒淡淡道："坐着休息，我去就行。"

其实也没多远，这几步路他还是走得了的。

所以他就怕这种情况，让别人担心，他难受。

俞寒去拿药的时候，又有一对抱着小孩的急诊父母进来了，洛林远让开了位置，乖乖站在门外等俞寒。

等俞寒走到面前时，洛林远露出了个讨好的笑容，说："拿完药啦？"

俞寒点头，洛林远又问："你什么时候回来的，不是给我去买饭了吗，吃的呢？"

俞寒看着洛林远不说话，把他看得"压力山大"，才不紧不慢地说："我叫了外卖，一会儿送到。"

俞寒盯着洛林远的脸，补充了一句："这医院附近没有饭店，骑手送得比我快。所以我点完外卖，去给你买了瓶水……很惊讶？你是想问我听到了多少吗？"

洛林远当然不会承认，他拿过俞寒手里的水，喝了口，说："你听到就听到了，我干吗要惊讶，又不是不能见人的毛病。"

俞寒问："你什么时候生过这样的病？"

洛林远说："表情不要这么可怕，这病没多严重，也不吓人，就是感冒引起的，好好休息就行。你看医生也说了，不用做手术，叫我养一养就好了。"

俞寒说："你不能骗我。"

洛林远："……"

不情不愿地，洛林远咬着嘴唇，半晌才放软了语气，坦白了部分："是抢救过。"

这个消息让俞寒的脸色瞬间变得比病中的洛林远还要糟糕，他问："抢救？"

洛林远避重就轻地说："哎呀，都过去了，我现在不是好好站在你面前吗，想那些没有意义的事情干吗，走吧，医生都说了让我好好休息，我累了，回去睡觉。"

洛林远拽着俞寒，出了医院的门打车回酒店。

俞寒一路沉默，手机的光闪烁个不停。

洛林远凑过去一看，发觉此人在用手机搜索"心肌炎"，不由感到好笑，他伸手去盖，让俞寒别看，说："别信这些，信我，信医生。"

俞寒看着他,眼底倒映着车外的流光,仿佛盈着一眶泪。

等再一眨眼,那抹湿润就没了,好似一场错觉。

俞寒说:"真的没事?"

洛林远说:"没事。"

第二日,两人坐了一天的车终于回到 C 城。

刚到 C 城,俞寒直接将洛林远送回家中,命令他好好休息。

洛林远心里头惦记着绘园,嘴上应和得好好的,实际在家中休息不到一日,就去绘园坐镇。

他因为去山区支教,已经许多天没在绘园。到了绘园,他就开始处理小熊老师给他留下的事务。

洛林远觉得与其在家中坐着,还不如来绘园坐着,在哪儿都是坐,来绘园还能多走动走动,也有益身心健康。

洛林远坐在办公室里,听到外面传来一阵高跟鞋敲击地面的声响,由远及近,他似有所感,抬头一望。

园长办公室的门被人推开,来人有一张与洛林远八分相似的面容。

利落短发,黑色长裙,提着小包,然后带着挑剔的目光打量了办公室一圈,坐到了沙发上。

一同前来的还有一位沉默的女助理,站在她身后。

小熊老师追着进来,有些尴尬地看洛林远,说:"园长,这位女士根本不理我,就闯进来了,我没拦住……"

洛林远自办公桌后站起身，冲小熊老师做了个安抚的手势，对沙发上的女人笑了笑，说："妈妈。"

小熊老师惊讶地看了他们两个人一眼，没再多说，跟着那个沉默女助理一起退了出去，把门关上。

林舒起身，走到洛林远面前，审视着他的脸，眉心紧蹙，说："生病了。"

她声音笃定，让洛林远简直无力反驳。

林舒说："跟我去医院。"

洛林远说："我还要上班呢。"

林舒说："让小冉帮你看着，她管你绘园足够了。"

小冉就是跟在林舒身后的那位女助理，毕业于名牌大学，平日里专门打理林舒名下的艺术馆和产业。

小冉是林家为了安抚林舒，让她好好待在国外，特意派到她身边的能人。

这样一个人才，来管理他的小小绘园，实在有点大材小用。

洛林远说："你回来这个事，要是让外公知道了……"

提到这事林舒就心烦，她父亲为了给洛家一个交代，狠心将她赶到国外。她自知理亏，已经在国外待了足够长的时间，本也没打算回来。

要不是这个不成器的儿子，自作主张地回国，她也不会回到这个地方。

当她有多喜欢 C 城不成。

- 149

林舒说:"你也知道我不能回来,那你就能不能让我安安心。"
　　洛林远现在自食其力,腰板硬了许多,说:"我这是回国创业。"
　　林舒说:"林远,不然你以为我专门回国是来跟你开玩笑的。我不能待太久,先送你去医院,至于其他的……"

　　这时洛林远的手机铃声响起,他皱眉不接。
　　林舒用看穿一切的眼神,瞧着他,说:"怎么,是什么人,不敢接?"
　　洛林远咬咬牙,接起电话。
　　俞寒在电话另一端,用克制又带着怒意的声音,问他:"你怎么不在家休息?"
　　洛林远头都大了,面前是林舒咄咄逼人的视线,电话里是俞寒态度强硬的逼问。
　　这两个控制狂!
　　洛林远说:"我在绘园。"
　　俞寒说:"我去找你。"
　　洛林远说:"不行!我现在……不太方便。"
　　他都快哭了。
　　林舒开腔道:"让他来。"

　　林舒做不出抢人电话的事情,但让电话那头的人听见自己的声音,还是能做到的。
　　俞寒一怔,问:"你旁边有人?"
　　洛林远头疼地长叹一口气,不情不愿道:"嗯,我妈。"

林舒听到洛林远说话的口气，便在办公室里坐下了，姿势优雅道："跟他见一面，我们就去医院。"

洛林远说："我去过医院了。"

林舒问："医生怎么说？"

洛林远说："没事。"

林舒说："你确定？"她眯着眼睛，明显不信。

洛林远的脸色太差，她也不是瞎到看不见，实在不放心。

这话一出，办公室中再次陷入沉默，洛林远是不想说，林舒是心中早已决定，不打算问洛林远的意见。

办公室的门被敲响三下，然后被礼貌地推开，洛林远猛地从椅子上坐起来，看向推门而入的人。

俞寒身着修身的衬衣、精致的领带，戴着腕表，彰显着成熟男人的气质。

洛林远搞不懂了，这是见他妈，又不是来见他，干吗要穿得这么帅？

不过转念一想，俞寒应该是到了他家，发现他不在了才打电话来问，有可能是从公司直接赶过来的。

林舒侧过身，本打算看究竟是谁，看清俞寒的脸时，她错愕地睁眼，嘴巴张开，难得一见的失态表情在她面上呈现。

再转头看了儿子一眼，就见她儿子小声地同她介绍："妈，给我打电话的就是他，俞寒。"

解惑 JIE HUO

·14·

西餐厅里,悠扬的钢琴声响起,洛林远与林舒同坐一方,俞寒坐在对面,正跟服务员点菜下单。

洛林远本来想说去吃火锅,林舒冷笑一声,说:"你让我去火锅店谈事?"

众所周知火锅店很热闹,没有什么矛盾是一顿火锅解决不了的,如果有,就再来一顿。

洛林远觉得吃火锅可以省去不少林舒的针对,毕竟在这么吵闹的地方,像林舒这样不喜大声说话的人,肯定没说两句就疲累了,不愿再继续这场"鸿门宴"。

算盘打得叮当响,奈何无人肯配合。

这两个人的脾气,他完全拦不住。

俞寒说:"远远,你现在不能吃火锅这么油腻的东西。"

林舒听到称呼,眉梢一挑,目光如电朝俞寒看去,二人视线在空气中对上。

不夸张地说,洛林远甚至能看见无形之中那激烈交战的火花。

这不刚一落座,林舒把将洛林远拽了过去与自己同坐。

坐下之后,林舒还要故意扫俞寒一眼。

俞寒神色自然，好似无从察觉。

三人僵持对坐，等餐点上来，俞寒又动手切了部分牛排递给洛林远。

林舒冷着声音开始问俞寒现在在哪儿高就，是不是在关朔风手下做事。

俞寒对答如流。他说没有，说自己毕业后跟朋友创立了公司，目前正在创业中。

林舒问过几场下来，发现面前的这个人已经成长得足够优秀。

比自己儿子现在好多了。

她又脸色不豫地扫了专心吃饭、远离"战场"的洛林远一眼。

洛林远埋头苦吃，不太想关心谁输谁赢，反正都挺幼稚的。

要是俞寒被林舒刁难太过，他总会找机会帮着说话的。

可惜俞寒战斗力太强，根本不需要无用的他。

他现在就像一块废物点心。

林舒说，俞寒如今有这番成就，肯定少不得关朔风的出力帮衬。只是现在，她们母子二人现在与洛霆关系极差，关朔风与洛霆是多年的兄弟，想来不会允许俞寒与她的儿子继续来往。

洛林远咬着一口沙拉，呆滞地抬头，没想过自己母亲会说出这番话来。

说好的家丑不能外扬呢？

俞寒虽觉得这话里有话，但现下最重要的事情不是这个。

他说："我的公司跟关朔风一点关系都没有，他是他，我是我，他没有权利干涉我的生活。我姓俞，不姓关。"

这番强硬的发言让林舒有些许诧异，又极为满意，连语气都没那么苛刻了。

后来林舒的语气没再过分，甚至说话态度温和了不少，慢声细语的。

两个人甚至就洛林远的某些不好的生活习惯达成了一致立场。

林舒说："小俞，一会儿我要送他去医院看看，你有空一起吗？"

这就小俞了？

洛林远差点被圣女果噎到，心想：他刚刚吃东西的时候，到底错过了什么？

林舒一个这么难讨好的人，竟然肯改口叫人，示意亲近。

俞寒说："嗯，我本来也有这个打算。"

饭后，洛林远被两个人"押"着前往医院，做了全方位的检查。

需要做的项目太多了，洛林远从这个科室出来又转到那个科室，人都转晕了。

项目都要他单独进去做，林舒和俞寒在外面等他。

洛林远进去前忧心忡忡地看着他们两个，说："你们不要吵架啊。"

俞寒不说话，林舒则是瞪他一眼，说："快进去。"

洛林远一步三回头地走了。

最后一项检查做完以后，洛林远穿好衣服，走了出来，外面只剩下俞寒，不见林舒。

俞寒埋着头，看不清楚神情。

洛林远走了过去,问:"妈妈呢?"

俞寒没说话,洛林远感觉到了不对,他蹲下身,看俞寒的脸,意外地发现对方眼眶微红,竟然是一副隐忍又欲泣的模样。

俞寒被他妈妈欺负哭了!

洛林远吓得魂飞魄散,当下要给林舒电话,想当个逆子,质问母亲。

俞寒从来没有在他面前哭过,这样一个坚强的人,他都没见过眼泪的人,到底林舒跟他说了什么,才让他难过成这样?

洛林远想象不出来,他看了眼四周,人多,现在无法好好安慰俞寒。

他拽住俞寒,小声地说,跟着他走。

俞寒全程不答话,却乖乖地跟在洛林远身后,被洛林远带到了医院后面的小公园里面,寻了张长椅坐下。

洛林远见没人了,问道:"我不知道林舒跟你说了什么,总之对不起,不要难受了,都是我的错。"

俞寒慢慢地眨了下眼,痛苦又压抑,一字一句道:"七年前,你被抢救了将近八天,是不是?"

俞寒的话令他惊慌。

他大概能知道,俞寒想跟他说什么了。因为林舒该说的、不该说的,都说了。

俞寒压抑着声音,问:"你是被逼着离开 C 城的,是不是?"

俞寒说:"我以为是你不见我,是因为那些流言讨厌了我。我来找你，我以为是你不想见我，原来……是你不能。"

洛林远喉咙紧缩，几乎要说不出话来，他嘴巴张了又合，最终一眨眼，眼泪落了下来。洛林远声音沙哑地说："我后来知道你找过我，但是……对不起……我收到你的糖了，被我弄丢了。"

他不是自愿离开C城的，更不是想要这么多年不去联系旧友。

他只是不被允许再回来这里，除非他舍得抛下过去一切优渥的条件。

七年前，他因为心肌炎住院时，他那时的父亲洛霆忧心他的身体，又恰逢那家医院出了基因检测项目，可以检查出身体里可能携带的遗传病，这是常规体检无法检测出来的。

洛霆被他这场急病吓怕了，想着为他调理好身体，提前做好未知疾病的预防，便决定做这个检查项目。

既然要做，便一家人都做了。

正是这个检测中的某项结果引起了洛霆的疑心。

在矛盾纠结中，洛霆暗中去做了亲子鉴定。

那日，洛霆成了一个暴怒的男人，在病房里打了林舒一耳光。

洛林远毫不犹豫地挡在了母亲林舒的身前，面对着又气又急、痛苦得犹如一只困兽的洛霆。

洛林远看到了洛霆的眼泪，同样看到了他最爱的父亲眼底的厌恶，那样陌生，仿佛恨极了他们。

洛霆声嘶力竭："林舒，你怎么敢这样对我！"

洛林远怕极了，却依然要保护母亲。

他忍不住叫着"爸爸",却被洛霆铁青着脸反驳:"我不是。"

洛霆急怒交加,踉跄后退,靠在了墙上,按着胸口喘气。

洛林远被吓得跑到洛霆面前,扶着他,问道:"爸爸,你没事吧?"

洛霆看着洛林远的脸,这个他养了十八年、真心疼爱的孩子,却成了扎入他心里最狠的一把刀。

他抖着手,用力按在了洛林远的肩膀上,目光深而沉,痛苦万分:"我不是……远远,你不是我的孩子。"

"我也不是你的爸爸。"

出了这样大一件事,洛家上下震怒,从前疼爱洛林远的亲人们个个变了嘴脸。

林家与洛家结亲多年,两家的关系早已盘根错节,并不是简单就能断开的联系。

林家为了给一个交代,只得让利许多,甚至将林舒和洛林远送去国外,让洛家的人再也见不到他们。

不,不再是洛林远了,是林远。

洛林远曾经也想不明白,为什么对自己这样好的许多人,在一夕之间都变了样,他们都不要他了。

洛林远要回国的时候,林舒同他讲:"你在这里,我还能给你提供还不错的条件。你回了国,你外公外婆不会帮你,洛家人更不想见到你,你不能去他们的公司上班,不能做与他们有关的生意,甚至一旦被他们看见了,他们会怎么对你,我不知道,也护不了。"

- 159

"所以林远，你回去有什么意义？你吃不来这样的苦，留在这里吧。"

然而，林远不愿。

他想回到 C 城。

那里有他弄丢的过往。

其实七年前，他并非舍不得优渥的生活，他有想过不跟林舒去国外。

即便洛家不要他，林家不管他，林舒不照顾他，学校也回不去了。

他也曾任性过。

那时候，吴伯偷偷来见他最后一面，正好下了第一场大雪，吴伯泪眼婆娑地跟他说，这是最后一次来看他的小少爷了。

吴伯是洛家几代的老人，是他的亲人，对他最好的人，如今也要离开他了。

他让吴伯给他买了蛋糕，在吴伯离开后，他其实打过一个电话。

七年前，一夕之间，他失去了所珍视的一切。

七年后，在这个医院里，失而复得的朋友为他委屈，为他流泪。

生活，终于重新见光。

俞寒问他："七年前的那场电话，你到底想跟我说什么？"

洛林远终于崩溃，他几乎泣不成声，却还是一字一句，将那未曾说出来的，足足错过了七年的话，说了出来。

"俞寒，生日快乐。

"俞寒，我没有家了。"

原来如此，竟是如此。

如果他当时没有错过那通电话……

可是没有如果，世人皆知，往事无法回首。

面前的人，在他不知道的时候，曾濒死过，又失去了所拥有的一切。

家不成家，世界支离破碎。

洛林远被洛家办理了休学，被迫离开了C城，没有人知道他究竟去了哪里。

洛家用尽一切方法阻止这件事情外泄，也不允许洛林远再回来，更不可能允许他跟C城的旧人联系。

于是，方肖也不知道洛林远的消息。

直到七年后，他们再次重逢。

曾经娇贵的小公子，骄矜不在，在失去了庇护后，成长为一个坚强的大人。

在见到他的第一眼，穿着可笑的兔子套装，不敢打招呼，不愿发出声音，却仍然想要送他一颗糖，给他一朵花。

被他误会时，也不曾解释，只是无可奈何地同他说对不起。

洛林远从来没想过，要让他知道这些。

到底是为了什么，俞寒几乎能够猜到。

刚开始是不愿说，后来是不想说。

大约是觉得既然和好，这些曾经的误会，说出来只能让人更难受。

多年的隔阂和误解，在这一日真相大白。

两人在一方天地里，各怀感慨，半天才想起要去拿检查结果。

林舒去而复返，拿着一打检查结果，面对两个明显哭过的年轻人，到底是没有说什么。

洛林远揉着酸痛的眼睛，看了看林舒，说："妈妈，谢谢你。"

他是真心实意这么说的。虽然这么些年，他心中有过怨，即使不曾表现出来，但从心里其实与林舒生疏得厉害。他和林舒两人的相处方式，根本不像母子，他甚至还没有林舒的助理贴心。

林舒面上难得有点尴尬，装作"恨铁不成钢"地瞪他一眼，说："谁叫你是我儿子。"

洛林远被她说得脸红。

林舒叹了口气，对目前的状况，满意地点头。

即使多年前她就不喜欢这个叫俞寒的少年，不希望她的儿子同他亲近。而时至今日，她已然看开，人生中有一份牵挂多年的情谊值得祝福。

她尊重儿子的选择，主动做了解开误会的那个人。

今夕
JIN XI
·15·

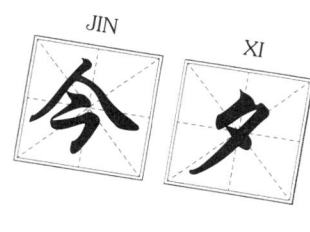

三人一同去听医生给出的结果。还好，结果不算坏，跟小镇上的那个医生说得差不多，无非是让洛林远好好养着，注意休息，多吃蔬菜。

　　这次复发的程度不算严重，平日他需要加强锻炼。

　　这次的感冒好了，心肌炎自然能痊愈。

　　洛林远生怕身后的两个人真能做出将他关在家里的事情，他问医生："医生，我如果早睡早起，作息规律，还是能去上班的吧？"

　　医生没想到现在的年轻人这么上进，一般不都是知道自己生病了，恨不得待在家里的吗？

　　医生迟疑地说道："看你自己身体的感受，如果上班时感觉到不舒服，就不要勉强自己，还是在家里好好休息比较好。"

　　洛林远急忙说道："不勉强不勉强，一点都不勉强。"

　　回程路上，俞寒负责开车送他们。

　　林舒坐在后座，她住的是酒店，俞寒便先将林舒送回下榻的酒店。

　　等车上只剩下他们二人，洛林远开始扭着屁股，不安分地翻俞寒的抽屉。

他现在可谓是如蒙大赦，整个人都放松下来，再不见之前的小心翼翼，甚至有点嚣张。

洛林远说："你这里这么多轻音乐钢琴曲，为什么就是没有《星空》啊？"

他幽幽地看向俞寒，说："你都不知道我第一次坐你的车的时候，偷偷期待了多久，结果就是没听见。"

俞寒扶着方向盘，说："因为我不想听，所以没有。"

洛林远被这直白的回答说得心头一顿，说："我想听，不能没有。"

俞寒看了他一眼，这一眼把洛林远乱晃的尾巴给看没了。

洛林远有点瑟缩，语调放轻，说："买一张吧？我买，就放你车里。"

俞寒说："别听其他人给你弹的，要听只能听我给你弹的。"

洛林远心花怒放，问："那你什么时候给我弹啊？"

俞寒说："你在家休息半个月，就给你弹。"

洛林远放弃了，相当干脆，他现在可是有事业的男人。

俞寒等了半天，没听到洛林远的声音，问他："回答呢？"

洛林远说："不弹就不弹，我选择上班。"

俞寒脸色一黑，又无可奈何，对洛林远简直毫无办法。

不过，其实他对洛林远这样的状态是满意的。

总算不再是小可怜模样，明明心里想的是一回事，嘴上却不敢说。

抵达洛林远住的小区的时候,天色已然晚了,洛林远便不让俞寒奔波,直接去了他家。

洗完澡后,还没等洛林远再同他叙旧,俞寒便说:"早点睡,医生不是说了吗,要好好休息。"

其实当下才八点,远不到洛林远平日里该睡觉的时间。

可是听俞寒这样说了,他便乖乖地顺从了。

他感觉自己像是一位跋山涉水已久的旅人,终于归家,没多久就困了,不知不觉中睡了过去。

半夜三点的时候,洛林远醒了一遭,有种不知今夕何夕的感觉,半天没缓过神来,恍惚以为他跟俞寒解开了误会只是一场梦。

过了片刻,他才缓下心神,又在不知不觉中继续睡去。

早上五点多的时候,洛林远又醒了一遭,为了展现自己已经是成熟自立的大人了,他决定亲手准备早饭。

既然做了决定,他便干脆地起了床,然后偷偷下楼买菜。担心自己操作失败,他又特意买了豆浆油条。

结果,他在厨房险些将锅都给炸了。

俞寒被动静吵醒,乱着头发走到厨房门口,见到脸色发青的洛林远,再看厨房一片狼藉,叹了口气,说:"你在做什么?"

洛林远拿着锅盖,把逃跑的姿势摆正,说:"那什么,给你搞一顿丰盛的早餐。"

俞寒走过去,关了火,打开抽烟机,又开了窗,让厨房的焦味散了出去,然后问他:"菜单是什么?"

洛林远说:"煎蛋、香肠,还有海带汤,不知道为什么鸡蛋下去，就炸起来了。"

俞寒问:"有没有被油溅到？"

洛林远摇摇头，为了做这顿早餐，他特意换上了长裤，套了手套，披着围裙。

俞寒问:"怎么想起来喝海带汤，一般早上不都是喝牛奶吗？"

洛林远说:"听说海带汤生发。"

俞寒:"……"

他竟然一时半会儿不知道该怎么回答。

洛林远见俞寒疑惑地看向他，腼腆一笑，说:"当然，我们俩头发都多。"

俞寒说:"所以这海带汤……"

洛林远说:"防患于未然嘛。"

俞寒:"……"

洛林远说:"现在英年早秃的人太多了，尤其像你……我这样的行业。"

中间还不自然地卡顿了一下，生怕俞寒多想。

虽然俞寒已经想得足够多了。

俞寒将早餐做好后，把洛林远买好又藏起来的豆浆油条翻了出来，一并送到了桌上，自己先去洗漱。

洛林远老老实实地走过去坐了下来。

吃完早饭，送走了俞寒，洛林远还得去绘园一趟。林舒的女助理小冉今天要临时上岗，洛林远得过去带一带。

洛林远平日工作里最重要的事就是去谈合作，这样的事情，小冉也代替不了，只能暂时将合作缓一缓，过几日等他身体好些了再说。

好在一项合作的达成也不是几天就能谈下来的，而是需要很漫长的流程，他休息一两天也不算耽误事情。

安排好绘园的事务，洛林远正准备坐地铁回家，接到了韩追的电话。

韩追让他出来一趟，他最近心情不好，需要人陪玩。

洛林远跟韩追说："我生病了，什么喝酒啊，KTV 唱歌啊，都不能去。"

韩追说："你怎么又病了……"

眼看着话题要往更远的方向发展，洛林远赶紧打住："我是前几天去山区支教，洗冷水澡被冻到了。"

韩追说："那行吧，你来这里。"

韩追报了个小区地址和门牌编号。

洛林远问："你找到房子了？"

韩追说："嗯，先住着，环境不错。"

洛林远看地址的地理位置，哪里只是不错，那可是别墅区，非富即贵的地界。

洛林远说："你再有钱也不能租那里吧，谁给你租的啊，多少钱一个月？"

韩追说："你先过来，记得带上好吃的。"

洛林远到的时候，还在小区门口被人拦了下来。

韩追出来接他,穿得不修边幅,踩着人字拖,但因为人长得实在是帅,哪怕懒懒散散的,还是走出了风范。

数日不见,韩追面上带着点疲倦,气场挺低,瞧着是不高兴的样子。

洛林远被韩追带着走进小区,他之前就知道这个小区,当年洛霆有考虑过买这儿的房产,但因为一开盘就已经被卖空,洛霆还觉得可惜。

洛林远说:"你到底是怎么住到这地方的,这里的房子真有人出租吗?"

不都是有钱的土豪买下来闲置或者自住的,这要是出租的话,一个月得多少钱啊?!

韩追突兀地笑了笑,说:"是啊,不能出租。"

洛林远说:"你买的?太大手笔了吧。"

韩追说:"不是。"

洛林远说:"你朋友的?你不是初中就出国了吗,还是说你跟家里和好了?"

韩追说:"都不是。"

见洛林远还要猜,韩追痛痛快快跟他说了:"有个有钱的公子哥让我住的。"

洛林远不由出声道:"啊?"

韩追用手随意地抓了一下头发,冲洛林远眨了下右眼。

洛林远傻了,彻底惊了,瞪了韩追半天,说:"公子哥?为什么我会有一种并不是很意外的感觉呢。"

韩追说:"好好说话。"

两个人贫着嘴,总算走到了韩追的落脚点。

洛林远被领进了门,看了一番这个别墅的装潢,很有品位,摆设家具也都是高奢品牌。他感觉屋主应该是年轻人。

洛林远还是想不通韩追怎么住进了这样的房子里,韩追也没有要多说的意思。

韩追心情不好,拉着洛林远去看电影,自己在那里喝啤酒。

看到一半,韩追才想起来关心洛林远一下,问:"你跟你那个老同学怎么样了?"

洛林远从见面就开始期待他问,总算问了,忙坐直腰,带了点低调的炫耀,说道:"我们误会都解除了。"

韩追无趣地"哦"了一声,又说:"我这房东爱听故事,尤其是你俩的故事。天天缠着我问你们。"

洛林远疑惑出声:"啊?"

韩追说:"可能过得太孤独了,喜欢听别人的故事吧。"

另一边,俞寒在公司,跟梁阿姨刚通完电话,让她把自己的洗发水换掉,换成容易生发的那种。

俞寒还跟芋圆通了会儿电话,保证今天晚上会回家。

刚一挂断,他就看见一个感到有些意外并且不是很想要接起的来电。

手机的屏幕上跳出"关念"的名字,一下下地闪烁着。

俞寒皱着眉接起电话，那边传来一个年轻的声音，没有以往的不耐和厌烦，甚至很冷静，对方跟他说："关朔风让你这周末回家吃顿饭。"

俞寒说："……这周我没空。"

关念告诉他："你最好不要拒绝，他最近正窝火呢。"

洛林远和韩追看的电影是个消防片，剧情紧张，节奏激烈，结尾又很煽情。

洛林远看得呜呜直哭，韩追也无心其他，专心看电影。

韩追还好，洛林远用了半包纸巾，本来就有些感冒，这下鼻子简直都不能要了。

韩追嫌弃他："赶紧把这些用过的纸巾收一收，怎么这么脏，不是洁癖吗？"

洛林远红着一双兔子眼，拿着纸巾捏鼻子，瓮声瓮气道："我都拿纸巾垫着的，没有乱丢。"

洛林远原想着收拾一下，结果越忙越乱，还打翻了可乐，倒了一身黏腻。

最后洛林远被韩追赶去浴室洗澡，而他还在愁那张被可乐打湿的地毯，说："那毯子怎么办，名牌，很贵啊。"

韩追说："我赔就行了，快洗一洗，不是感冒了吗。"

洛林远从浴室出来，想去收拾残局。

韩追让他不要忙活了，他叫了保洁，一会儿上门。

见洛林远还是内疚，韩追又说："别想了，谁叫这里这么大，

- 171 -

却连个可以扔纸的垃圾桶都没有，上上下下还没电梯，麻烦。"

洛林远放弃收拾，见韩追不在意，便也心大地开他玩笑："挺好的，你能运动运动，免得八块腹肌没了。"

两个人说着话，到了楼下，韩追要给他煮生姜红糖水，驱寒热身。

韩追这个人，不仅擅长多国语言，还会做甜品、做西餐、拉小提琴、唱歌、跳街舞，甚至还会做手工。

有时候洛林远都佩服韩追，怎么能折腾出这么多技能来傍身。

洛林远曾有幸吃过韩追做的甜品，好吃得连舌头都快吞下去。

他一个这么讨厌姜味的人，都很沉迷韩追做的姜汁撞奶。

洛林远靠在厨房门口点单："我想吃姜汁撞奶。"

点单之后，洛林远转去客厅打游戏。客厅有个大屏幕，放着PS4和VR一体机。

他本就喜欢玩游戏，从前跟方肖在一块儿的时候就喜欢。现在住的房子很小，家里没有大屏幕，更不可能有空间摆得下一套VR设备。

他打开VR的射击游戏，玩得很起劲。

正打着游戏，洛林远听见玄关处传来动静。

有人快步走了过来，动作粗暴地扯掉了他的耳机，一个声音传到他耳边："你是谁，为什么会在这里？！"

那声音很年轻，也好听，就是语气傲慢，让人不是很舒服。

洛林远还没摘下VR眼镜，就听那个年轻的声音气急败坏地喊:"韩追,你给我出来。"

未见人,先闻声,简直就像一个被宠坏的小孩。

洛林远扯下眼镜,半干的头发耷拉在眉梢,望向那个年轻人。

年轻人长得挺好看,眼尾上挑,很有风情,鼻尖一颗小痣,作为男生来说,偏中性的长相。

年轻人匆匆将洛林远上下一扫,也不知误会了什么,转身就气势汹汹地朝厨房走。

韩追从厨房探头出来,看见年轻人,竟惊喜地笑了,说:"今心,你怎么来了,今天不是说不来吗?"

被叫今心的年轻人停在几步远的距离,生气地说:"所以我不来的时候,你到底让多少乱七八糟的人进我的房子?韩追,你搞清楚你自己现在的身份!"

韩追被劈头盖脸骂了一场,仍是笑,就是那双眼冷了许多,说:"乱七八糟的人?"

今心见他的重点竟然放在他骂的人上,更生气了,说:"是啊,乱!七!八!糟!未经过我的允许就带回家里!"

韩追摘掉围裙,一步步朝今心走了过去。

今心被他的突如其来的气势骇到,有些瑟缩地往后退,说:"你干吗,你想……想打我吗?"

韩追突然加快步伐,来到他身旁,用讨好的声调说:"我哪舍得,你别气,外面的是我朋友。"

今心嫌弃地说:"你,你没骗我?别再贴过来了,热死了!"

韩追说："有吗，今天的空调开的是你喜欢的 25 度啊。"

他看向今心，又说道："你不是最喜欢听他们的故事吗，今天来的是主人公，你可以好好跟他问一问。"

今心身子一僵，不可置信地看向韩追。

韩追说："是啊，他就是我说过的朋友，林远。"

韩追又问："不生气了吧？"

他要带今心出去，介绍给洛林远认识，结果却被攥住了袖子。

今心纠结又别扭地望着他，说："别告诉他我叫什么。"

韩追疑惑地问："嗯？"

今心说："万一他认识我家里人呢？"

韩追说："林远已经很多年没回 C 城了。"

今心说："反正别说。"

韩追说："行吧，神神秘秘的，他还能认识你不成，关今心。"

今心瞪了韩追一眼，说："叫你不要说了。"

韩追只得说："好好好，我不说，我闭嘴。"

门外的洛林远已经放下了游戏机，安静地坐在沙发上。

见他们出来，洛林远起身冲他们点点头，尴尬地打了个招呼："你好，我是林远，韩追的朋友。"

今心跟在韩追身后，眼也不眨地看着洛林远，这次看得比刚才久了，看得洛林远心里有些发毛。

韩追打趣道："别看了别看了。"

今心走到洛林远面前，面上露出了一种奇怪的笑容，说："你好啊，林远，久闻大名。"

洛林远说："你好，我也经常听韩追提起过你。"

"认识一下，这是小心，这是林远。"韩追为他们介绍彼此。

洛林远没想过韩追的房东这么年轻，看起来好像也就二十出头的样子，大概家里很有钱。

只是这人长得有几分面善，洛林远总有种似曾相识的感觉。

午饭是韩追亲自下厨做的，洛林远跟今心坐在客厅里。

今心果然对他和俞寒的事情很有兴趣，问了许多。

方便说的，洛林远便也说了。

今心靠在沙发上，脸颊贴着胳膊，笑起来还有个小酒窝，说："哇啊，没想到你们这么有缘分，都断联七年了，还能见面。"

今心将手机拿出来，像是回信息，点了好几下，又道："我听韩追说，你当年离开C城，是因为家里把你送走的？"

洛林远一怔，没想到韩追竟然连这个都说了。

今心好像没看出他脸上的神色，继续道："是发生什么事了吗？"

洛林远为难地笑了笑，说："韩追没跟你说细节？"

今心眨了眨眼，有些天真地说："没呢，他就提了一嘴，该不会像电视剧那样，是因为父母之间发生了某些事，儿子只能离开他爸爸吧。"

说到这里，今心好像觉得好玩一样，笑出了声。

明明是别人难过的事情，今心却用来开玩笑，让人挺不舒服的。

但这毕竟是韩追的房东，看着年纪也不大，就一小孩，他该宽容。

- 175

洛林远说："不是，我只是做出选择罢了。"

今心问："什么选择？"

洛林远不想多说，却被今心连连追问，便简单地把当年的事情说了一下，没说太深，甚至没带多少个人的情绪。

今心收起手机，分明是心满意足的模样，又故作可惜道："天啦，你那个老同学肯定都不知道这些。"

洛林远觉得他的话有些奇怪，问："什么？"

今心狡黠一笑。

洛林远觉得莫名其妙，这时韩追端着菜从厨房里出来，说："开饭了，小心，林远，快过来。"

今心快活地拍了一下手，情绪高涨地拉着洛林远过去，说："林哥，走吧，我们去尝尝看韩追的手艺，我可是第一次吃到，太期待了。"

洛林远见今心跟个小孩一样兴奋，便也被他的情绪带过去了，那些许的疑惑，就沉入了心里，抛诸脑后。

拜访 ·16·

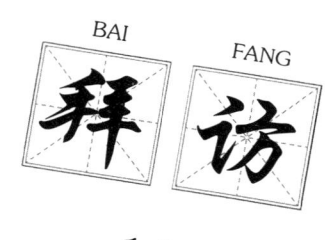

今心施施然地落座在餐桌前，洛林远则进了厨房找韩追算账。

虽然他是觉得那些事情当故事来说也没关系。但是今心明显出身显贵，万一认识洛霆或者俞寒，那就有不好的影响了。

别的不说，他回来的事，是千万不能让洛家知道的。

韩追正在倒果汁，见洛林远来了，便说："果汁是冰的，就不给你喝了，你喝我刚给你煮的红糖水。"

洛林远说："老实交代，你到底给外面的小房东说了多少我的事？"

韩追诧异地看他一眼，说："只是简单地提了一两句，该说的我都没说。"

韩追觉出不对，放下手里果汁，将厨房门关上。

韩追问他："你是不是担心他认识你原来的家人？"

洛林远一脸纠结。

韩追连忙说道："放心，我没跟他具体说你什么，之前就连你的名字我都没说过。刚才场面有点乱套，我情急之下才告诉他你的名字是林远。"

洛林远问："你跟他说了我当年为什么出国了？"

韩追疑惑地出声："啊？"

洛林远说："他刚刚问我是不是因为父母的问题才出国的。"

韩追说："怎么可能，我没说得这么细。"

洛林远说："那他到底是怎么知道的？"

两个人面面相觑，韩追的脸色沉了下来，他们都觉出了不对。

韩追拍了拍他肩膀，说："你放心，如果他真的有问题，我会给你个交代的。"

洛林远说："也许没那么严重，你不要想太多，说不定你什么时候说漏嘴了，自己不记得了也有可能。"

韩追没说话，脸上神色不明。

他端菜出去，再拉开门的一瞬间露出了自然的笑容。

而今心看着韩追，也跟着笑，还嘟囔道："怎么才出来啊，饿死了。"

洛林远望着这幕，恍惚间有种这是两位影帝在精彩对决的错觉。

吃过午饭，告别了韩追、今心二人，洛林远回家老实躺着，以免俞寒晚上要来检查他是否在家中休息。

差不多六点的时候，俞寒电话里说要来接他。

洛林远问："去哪儿？"

俞寒说："你今晚要不要来我家？"

洛林远说："啊？"

俞寒说："我跟芋圆说过了，他很期待，还特意去换了套衣服欢迎你。"

洛林远问:"那我是不是该买点什么?"

俞寒说:"不用。"

话虽如此,洛林远还是带了份小礼物,是他从国外买回来的变形金刚拼图,不是什么值钱玩意,希望小芋圆不要嫌弃。

洛林远收拾出了一个小背包,又换上白T恤牛仔裤,还戴了个帽子,防着夕阳的余晖。

他乖乖地在楼下等人,还在便利店买了根棒棒糖,给俞寒买了瓶水。

俞寒来了,车内空调开得不低,也就比室外凉爽一点点。

洛林远把包扔到后座,然后痛快地坐到副驾的位置上。

俞寒挑眉,看向那坐到副驾驶上笑嘻嘻的洛林远。

瞧着也就十来岁,总是让他有种时空倒转的错觉。

洛林远把遮光板放下,打开镜子,查看了一下自己的脸。

俞寒说:"下次……"

算了,还是穿成这样吧,也挺好的。

洛林远莫名其妙,看向他,问:"下次什么?"

俞寒说:"没什么。"他放下手刹,启动车身,就是洛林远穿得这样年轻,显得他俩好像不是同龄人。

关念在电话里同他说关朔风让他回家,俞寒并没有太大的感觉。他不在乎关朔风究竟是怎么想的,自然也不会去惧怕什么。

不过关朔风会不会因为关注他而知道了洛林远回国,他倒是有点在意。

毕竟，如果洛林远回国的消息让洛家那边知道了，还是会有点麻烦。

他觉得洛林远无须因为自己的身世，就要乖乖听话，永远不能回到 C 城。

洛林远并不欠洛家什么，那些事也不是他的过错。

小孩又有什么过错，他们根本不能自己能选择自己的出身。

大人何必将旧怨扯到孩子身上。

他能理解洛霆的愤怒，只是已经这么多年过去了，即便是知道洛林远回来了，也没必要这样对自己当年疼爱过的孩子，非要将人赶走吧。

他查过洛霆目前的状况，听说已经接了个孩子回去，十五六岁，明面上对外宣布是旁支的亲戚小孩，过继到洛霆膝下。

但究竟是怎么回事，只有洛家自己知道。

而这件事，他不会跟洛林远说，更不想让他知道。

行驶的路上，洛林远接到了韩追的电话。

他看了眼时间，距离中午已经过了将近七个小时，所以，韩追已经问出来到底是怎么回事了。

电话那头的韩追同洛林远道歉，他说是因为自己喝醉酒，所以不小心说了出去，但他不记得了。

不管怎么说，千错万错都是他的错。

这时他听见韩追电话那边传来了东西被砸碎的声音，还听见了今心在那头哭喊"走开"。

洛林远心惊地坐起来，抓着手机问道："你该不会对人家严刑逼供了吧?"

韩追苦笑了下,说:"不算吧。"

洛林远说:"要真是我们误会了,这不是欺负人家吗?"

韩追没跟他说话,他隐约听见了韩追哄着电话外的人,说自己马上就走,药就放在床头。

今心还是在骂韩追,让他走开,出去!

洛林远听到药,急了,问:"你不是把人给打了吧?韩追,君子动口不动手啊,今心那身板哪经得住你一拳啊!"

韩追那边安静了许多,应该是退出了房间,在一个安静地方跟洛林远说话。

洛林远说:"天啦,我该不会一会儿要去警察局保释你了吧?"

韩追沉默了阵,头疼道:"也许吧。"

洛林远倒吸一口冷气,问:"你到底对人家做了什么?"

韩追无奈地说道:"我本来是想喂他点酒,然后让他喝醉了以后套他话。后来他不小心摔到地上,头撞了一下。他刚刚酒醒了,觉得很丢人,叫我滚。"

洛林远说:"行了行了,你别说了,那现在怎么办?"

韩追说:"我得照顾他,总之这事是我对不住你,是我嘴上没把门,对不起啊。"

洛林远说:"没事,现在你赶紧去哄人吧,我可不想真去警察局保释你。"

头疼地挂了电话,洛林远见俞寒看着他,也不知道该怎么说。要是说的话,不就要跟俞寒说出关朔风的事了吗?

他还不知道俞寒现在跟关朔风的关系怎么样了。

洛林远说:"是上次在机场你见过的那个朋友,叫韩追的那个。"
俞寒若有所思,眼神示意他继续讲。
洛林远说:"他最近跟人有误会,出了点事。"
俞寒严肃地问道:"他需要律师吗?"
洛林远说:"不不不,不至于,听韩追的意思大概是他自己能搞定。"
总之过程很复杂,结局很奇怪,他不是当事人,不清楚事情全貌,也没法发表任何意见。
俞寒眉宇稍松。
洛林远问:"你上班忙吗?"
俞寒谨慎地说:"怎么?"他也可以不忙,全看洛林远的想法。
洛林远说:"我们什么时候约着跟方肖见一面。"
俞寒:"……"
他和方肖见面足够多了。
洛林远说:"他上次还说我回来以后,要经常约火锅呢。"
俞寒说:"他已经结婚了。"他媳妇可以陪他。
洛林远惊喜地说:"对,小情儿跟他结婚了!啊,这样太好了,陶情跟他,我跟你,四人一起吃饭。"

说完他看了俞寒一眼,抓着安全带,放低了声音道:"俞寒,好不好?"

红灯,车停。

俞寒沉声道:"好。"

俞寒的房子比他想象中的要温馨，洛林远刚迈进去，就被一只橘猫"碰瓷"了。

那只猫砰地倒在了洛林远的脚边，甩着尾巴，睁着圆滚滚的眼睛看他。

洛林远刚被猫击中小心灵，又看见远远地一个"皮卡丘"冲进了他的怀里。

芋圆小宝贝穿着黄色的衣服，衣服连帽挂在脑袋上，是皮卡丘长长的耳朵，后面还坠着一条闪电尾巴。

洛林远的心都快化了。

他弯腰抱住小孩，摘下芋圆的帽子，揉揉那个瓜皮头，说："乖乖真可爱。"

芋圆转头偷看爸爸在不在，见不在，便奶声奶气地撒娇："要吃糖。"

洛林远赶紧掏空了口袋，拿出好几颗五颜六色的糖。

芋圆衣服上没有口袋，洛林远便给他塞进兜兜帽里，让他快点藏进房间，别给爸爸发现了。

一旁的橘猫看着一大一小互动，慢吞吞地站起来，又插进两个人中间，充满存在感地倒了下来，重重的一声，也不知道砸得身体疼不疼。

看它一身肉，大概是不疼的。

芋圆给他介绍橘猫："这是老大。"

洛林远疑惑出声："嗯？"

芋圆说："老大六岁啦，比我大，所以叫老大。"

洛林远摸了摸猫，说："老大，你好啊。"

老大舔了舔洛林远摸过的地方，熟悉他的味道。

梁阿姨从厨房端菜出来，她认识洛林远，之前都是她送芋圆上画画课的，对洛林远很有好感，甚至问过他有没有对象，要不要给他介绍一个。

梁阿姨说："林老师，原来是你来了！早知道我多做几个菜，也不知道合不合你胃口。"

俞寒已经换了身衣服，从主卧出来，说："梁姨放心，是他喜欢吃的。"

洛林远被那桌家常菜的味道引了过去，看了眼菜式，同俞寒相视而笑，确实都是他喜欢的。

饭桌上梁姨对洛林远很热情，不断用公筷给他夹菜，一般人知道他有洁癖，也不会让他有机会体验这种热情。

洛林远却意外地没感到难受。

饭后，梁姨主动抱着芋圆下楼消食。

幸好老大是猫不是狗，否则梁姨都会拿上一条遛狗绳，把老大也拖走。

老大晃着尾巴，不爱躺专属的猫爬架，喜欢窝在窗边上，瘫得长长的，不时咬一口旁边翠绿的盆栽。

洛林远问芋圆的房间是哪个，俞寒抬手指了指。

洛林远站起来，打开了房间门。

满墙的黄色，贴着卡通画，小小的床。

房间里充满童趣。

洛林远和俞寒一边闲聊着一边消食,不多时,梁姨带着芋圆从外面回来了。

梁姨打开电视机,调到了她最近爱看的家庭伦理剧,声音不大不小,不影响对话,又能正常观看。

调好电视,梁姨就进了厨房装糖水。

而芋圆靠在俞寒身边,嘀嘀咕咕地讲在楼下遇到的大狗,好大好大一条。

老大从窗边跃了下来,见人多了,便要躺在茶几上,揣着爪子趴在人群的中心,端庄得仿佛一座狮身人面像。

隔壁家好像刚做饭,香味飘散过来,幸好他现在不饿,不然会被勾得很馋。

他终于明白俞寒为什么会将家安置在这里,确实很像家。

客厅的布置很温馨,一大一小坐在那处,大的那个朝他望来,还抬手同他招了招,让他过去。

梁姨把糖水端了出来,放在餐桌上,喊他们过去洗手,喝糖水和红豆薏米。

俞寒起身,将芋圆的小手握住,对梁姨道:"远远喜欢喝甜一点的,给他加点糖。"

芋圆握着爸爸的小指头晃了晃,咧嘴一笑,露出缺了颗牙的牙龈,说:"爸爸真好。"

俞寒说:"我说的是你远哥哥,不是你,你老老实实喝锅里的。"

芋圆:"……"

洛林远被芋圆小大人般苦闷的表情逗笑了,又不敢笑出声,怕芋圆觉得他跟他爸爸是一伙的。

芋圆委委屈屈地"哦"了声,洗完手后坐在餐桌前,端着自己的小碗,又看洛林远的大碗,一副羡慕得要命的模样,仿佛洛林远喝的不是糖水,而是仙露。

喝完糖水,俞寒回主卧洗澡,梁阿姨在厨房准备明天的食材,芋圆就窝在洛林远怀里,跟他一起看电视。

小孩玩了一天,很累了,脑袋挨着他的胸口,眼皮不断地往下耷拉。

但又因为洛林远在,小孩又很兴奋,有一搭没一搭地跟洛林远说着话,偶尔还冒出点问题。

洛林远不会因为他是小孩,就随意跟他开玩笑。

其实大人随口跟小孩开玩笑并不好,小孩天真,也信任大人,那大人就不应该拿这份信任轻易地去跟孩子们开那种自以为好笑的玩笑。

所以不管芋圆问了什么,洛林远都一一回答了。

芋圆一副困困的小模样,时而掀起长长的睫毛,露出带着困倦和疑惑的眼神。

洛林远用指腹碰了碰他肉肉的脸颊,说:"如果以后我经常来,你会讨厌吗?"

芋圆拧着小眉头,陷入沉思一会儿,说:"不会,我喜欢哥哥。"

芋圆又问:"那你还会给我糖吃吗,爸爸就管我的牙,你以后是不是就不给我糖了?"

对小孩来说,吃比天大,芋圆想到未来的生活,简直要悲惨落泪。

洛林远道:"会给的,适当地给。"

梁阿姨洗完手出来,向着洛林远笑了笑,又对他怀里的芋圆道:"姨姨的小宝贝,困了呀。"

芋圆冲梁姨伸出两只小短胳膊,被梁姨弯腰抱了过去,搂进怀里睡觉去了。

梁姨有自己的保姆房,她问洛林远晚上还要不要吃点什么,家里还有水果。

洛林远赶紧摇头,饭后的糖水已经将他的胃塞得满满的,不能再吃了。

这一次的上门拜会,是他几年来感觉最美好的一天。对俞寒来说,同样如此。

SHI HUAI

释怀

·17·

大概是人逢喜事精神爽，俞寒的好心情持续了几天，处理公事的效率比往常还要高，搞得俞寒公司的人都警惕起来，觉得这不过是暴风雨前的宁静，老板什么时候这样好说话过。

　　俞寒不管他们是怎么想的，见公司事务不忙，便准时上下班，送芋圆到洛林远身边学画画。

　　周末来临时，他总算想起了关念在电话里的警告，他换上一身沉稳的衣服，买了礼物，驱车前往关家。

　　与关家来往的这几年，他从来都是客客气气，毕竟当年确实受过关朔风的照顾。

　　关朔风处理过他上学的事，也安排过外婆转院。只可惜后来他们通话见面的事，无意间被外婆发现，从来疼他的外婆气狠了，还打了他一巴掌。

　　外婆坚持要出院，拒绝关朔风任何帮助。徐小晓和京琳都来帮他忙，他那时要上学，两边跑，又遇上了洛林远休学失踪，他那时候险些没撑住。

　　关朔风对他说，就算考不好没关系，他可以送他出国留学，关家有这个本事，只是需要他以后回来家里帮忙。

在大一的时候,俞寒第一次去关家吃饭,便看见了那个曾经来找过他麻烦的男孩。

关念站在旋转楼梯上,阴郁地瞪着他,嘴唇惨白,很快便掉头跑了上楼。

关念很讨厌他,这不是他们第一次见面。

他们的第一次见面,在更早的时候,还是初中的关念找了几个同伴围住了他,嘴里说着是因为校花和他亲近,所以来找他的麻烦。

后来知道关念的身份后,俞寒才明白,关念刁难他根本不是因为感情,而是因为亲情。

关念厌恶他,又干不出多坏的事,便想拿着钱羞辱他,让他在身上文"lady",也不知道是谁出的主意,甚至还拍了视频。

俞寒看了看周围的少年,是一群穿着名牌鞋子、戴着高级手表、用着最新款手机的小孩。他不是不能突围,只是想离开的话,必定要动手。他若是将人打了,对方有钱有势,

最后还是他倒霉。

让他选赔钱还是进拘留所,他都不行,他的外婆还在医院等着他照顾。

但是,他不揍人,照样也离不开这里。

因此,他顺从地文了,还有五千块拿,其实也没什么。

大约是他的态度过于顺从,反应过于平淡,那群少年面面相觑,都觉得没达到目的。

关念更是不爽,他是来找这个人麻烦的,怎么搞得他自己跟

个散财童子一样，没意思。

他们那群人里面，便有个人走了出来，将烟熄灭在了俞寒刚文好的图案上，还挑衅地冲他挑眉，揉着他问："不满意，想动手？你动得起吗？穷鬼，软骨头，废物！"

俞寒疼得额头上都出了汗，他沉默地忍住了。

那个人更乐了，招呼着身边的人，还喊关念："我说你怕什么，这样一个废物，还不是想动就动的，你看他，我烫他都不敢躲，没用的废物。"

眼瞅着其他人纷纷要在俞寒身上留下纪念性的疤。

关念叫了停，他说："够了。"

他眼神冰凉，厌恶地在俞寒脸上扫了圈，然后将书包甩在背上，先行离开了那家昏暗的店，说："没意思，走吧。"

走之前，他停了脚步，对俞寒说："有些东西，不该你惦记的，就不要惦记。"

俞寒那时以为他说的是校花。

从记忆中抽离而出，俞寒被领进了关家，仍是和多年前没有太多变化的摆设与装潢。

关念从楼梯步步下来，竟冲他露出了一个笑。

关念身体好像不太好，唇色苍白，眼窝凹陷，眼神依然冷漠，说："我有话跟你说。"

俞寒对关念的感觉和关朔风差不多，那就是没有感觉。

即使他们体内流着相同的血，但他们只是陌生人，甚至没有做朋友的可能。

当然，也不是仇人，俞寒不想费这个心去恨或者怨这些人和事。

要说委屈，那时候忙于生计，照顾外婆，该委屈的事情足够多了，如果他都在意，他也撑不下来。

但他更不会好心到想去跟关念弄好关系，只能尽量避免接触罢了。

关念说有事同他说，俞寒蹙眉看了眼四周。

关念说："关朔风没那么快回来，你到底听不听？"

俞寒对关念直呼关朔风名字的行为早已习惯，这对父子关系一直不好，在关念知道他的存在之后，这对父子的关系更是如同水入油锅，差点炸起来。

关朔风当年说不能马上将他接回家去，是因为关念抗拒得厉害。

关朔风又跟他说，关念的母亲早逝，自己没能好好管教关念，让俞寒多包容一些。

实际上，俞寒根本不想进关家，他觉得关朔风的想法很好笑，竟然觉得他和关念能够和平共处。

那时，俞寒的外婆还需要关朔风的照拂，所以对于关朔风的话，他也从不反驳，关朔风说什么，便是什么。

自从外婆走了以后，他再没听过关朔风的安排。

即使他已经表现出这样的态度，关朔风也没有过多干涉他。

关朔风总有种莫名其妙的自信，那就是俞寒是他的儿子，这是谁也改变不了的事实。

俞寒迟早要听话的。

关念面上的神色越发不耐,又因为想说的事情很重要,便隐忍下来,好声好气道:"你不想知道你高中原本关系很好的同学,为什么出国前也不和告诉你一声吗?"

俞寒瞳孔微微一缩,神情严厉地看向关念。

他这种不动声色发怒的感觉,实在跟关朔风太像,让关念适应不了。

关朔风曾经笑着同别人说,俞寒最像他,年轻优秀。那人也奉承道,虎父无犬子。

分明他才是关朔风的儿子。

关念对关朔风早已不抱有什么希望,但是他不能接受关朔风以对待继承人的态度,来照拂俞寒。

那他就成了天大的笑话,连同他死去的妈妈一起,都成了个笑话!

俞寒跟那位林远是朋友的事情,是他发现的,他再蠢下去,关朔风怕是会将产业都交到俞寒手里。

既然关朔风这边动不了,俞寒身上总有突破口。

皇天不负有心人,总算让他找到一个切入点。

只是他根本不知道去查这件事,会让他遇上韩追。

如果知道,他就让别人去查了,何必自己亲自动手。

他身上的瘀青还没消,已经连续发了几日的低烧,什么东西都吃不下。

关念带着俞寒来到后花园，正午阳光猛烈，花园里的蝉声猛烈，一阵阵的噪音，让关念眼前飘满了白点，头晕得厉害。

俞寒说："你查我？"

关念退到了阴影里，直言不讳道："是啊，我一直都在查你，包括你在给别人养孩子的事，还有你跟那个鱼缘绘园的校长……"

俞寒虽然不想跟关念有任何交集，可这样被冒犯，不在他能忍受的范围，他早就不是当年那个无能为力的俞寒了。

俞寒沉声道："我劝你最好不要惹我。"

他盯着关念，说："也不要去碰林远，不然你最害怕的事情立刻会发生。"

关念嗤之以鼻："我怕什么？"

俞寒说："你不是最怕我会改姓成关吗？"

关念面上血色尽褪，一时也无法端住姿态，说："你不会的。"

俞寒说："你怎么知道？"

关念说："你和那个林远不是朋友吗，如果你回到关家，凭关家和洛家的关系，关朔风绝对不会让你们有联系的。"

俞寒说："废话少说，你刚刚的话是什么意思？"

关念将一部手机取了出来，点开录音，放到了俞寒面前，说："你自己听吧。"

关朔风下车后，管家走上来接过他手上的西装外套。

天气太热了，仅仅是从车库到客厅的这段距离，关朔风已经出了一身汗。

他清楚地感觉到自己的身体已经不是最佳状态，他确实很需要一个有能力的继承人。

只是俞寒和关念各有缺点,两个人都让他头疼恼火。

管家说:"关少爷跟俞少爷在后花园谈话。"

关朔风一愣,问:"他们俩关系什么时候这么好了?"

管家说:"听下人说,关少爷大概是问俞少爷想不想知道高中时候的某件事。"

关朔风眉心紧皱,说:"小念……"他叹了口气,"到底上不了台面。"

这时后花园的玻璃门被粗暴推开,俞寒气势汹汹,一步步走到关朔风面前,双眼怒红,愤恨地看着他。

关朔风道:"你冷静。"

俞寒说:"你为什么要这么做?"

关朔风解开了几颗衬衣扣,说:"老实说,你们失联与我无关。"

关朔风看着面前愤怒的年轻人,缓缓道:"我只是作为成年人,和他分析利弊,说出了一些真相而已。你还没明白吗,是你们自己做的选择,不是我。"

关念沉默地跟在俞寒身后出来,冷眼旁观面前这场闹剧。

关朔风说:"而且这些事情,早就过去了。我听说你们重逢和好了。"

他叹了口气,好像无可奈何,失望透底,又道:"洛霆跟林舒已经离婚了,他现在不是洛家的少爷,如果你非要和这样无用的人做朋友,也不要紧。"

俞寒说:"谁说他是无用的人?"

关朔风轻笑道:"脱离了洛家,他什么也不是,你现实一点。"

俞寒说:"我很清醒!"

关朔风摇摇头,说:"你现在不冷静,不要再胡说八道了。"

俞寒说:"我该做什么不该做什么轮不到你来教我!"

关朔风忍不住有些动怒:"你怎么能跟我这么说话!"

俞寒说:"我为什么不能!"

关朔风说:"我是你爸!"

俞寒后退几步,就像看一个陌生人一样,注视着关朔风,说:"你从来也不是。"

他转身就要走。

关朔风猛地从沙发上站起来,大声地说:"俞寒!"

俞寒停了脚步,说:"也许你说得没错,当年是我们自己做的选择。但今后不会了,我们不会为不重要的人影响自己的人生。"

关朔风气得几乎要站不住,说:"如果这样,关家的一切都将跟你无关!"

话脱口而出,关朔风又后悔了,他盯着俞寒的背影,却不见这个儿子有要回头的意思。

俞寒说:"本就和我无关,从今天开始,我不会再来这里,希望你也不要来找我……"他停了一下,继续道,"还有我的家人和朋友。"

说罢,俞寒头也不回地走了。

关朔风气得坐倒在沙发上,大口喘气。

关念幽幽地走到了关朔风的面前。

关朔风怒视着关念,说:"你干的好事。"

关念微微笑了,说:"怎么能是我干的好事,都是爸爸你自己造的孽。"

关朔风咬牙道:"你以为没有俞寒,我就会把所有财产都交给你吗!你这个不成器的东西,就算交到你手里,也守不住几年。"

关念说:"我可以不要你的那些,你把妈妈的东西还我。"

关朔风经营多年,手里的诸多产业早就交织在一起,怎么可能说分就分。

关朔风怒斥道:"滚!"

关念眯起眼,说:"我劝你,你别想着再找其他人,你找来一个,我就会赶走一个。"

谁也不能分走属于他的东西,不可能。

洛林远不知关家今日家中发生的争吵,他也牵扯其中。他在办公室里筹备野餐活动,给兔子做窝。

因为要以身作则,活动的时候他还要在现场示范,所以他提前买来工具,躲在办公室里研究,结果弄了一手的灰。

小熊老师推开门,冲他挤眉弄眼,说:"园长,小芋圆的爸爸来了。"

洛林远拍拍手,觉得有些奇怪,不由问道:"不是上课时间啊,怎么来了?"

小熊老师说:"芋圆爸爸的车在楼下停着,一直没见人出来,所以我才来跟你说一声。"

洛林远去洗了手，然后连蹦带跳地下楼，快活得像只兔子。

他颠颠小跑地到俞寒的车前，果然像小熊老师说的那样，俞寒躲在车里面不出来。

洛林远敲了敲车窗，弯下腰，双手挡在眼睛两旁，往车里面看。

车窗降了下来，露出俞寒神色复杂的脸。

洛林远本来还要开玩笑，看到这样的脸就笑不出来了，问："怎么了？发生了什么事？"

俞寒本来有许多话要说，可是见到面前的人，却又什么都说不出来了。

洛林远说："你怎么在车里不出来啊？今天不用上班吗？特意来看我的？"

俞寒表情闷闷地点头。

洛林远拉开车门，说："上来啊，我办公室的空调也很凉快的。"

等俞寒下车，他见俞寒整个人都不对劲的样子，踮起脚，摸了摸对方的额头，试对方的温度，自言自语道："生病了吗？"

俞寒低声说："对不起。"

洛林远不明白这人怎么突然道歉上了。

他正莫名其妙，俞寒再次道："对不起。"

洛林远看着俞寒的脸色，问："你到底怎么了？"

俞寒摇摇头，说："没什么。"

明亮

MING LIANG

·18·

林舒没有在 C 城待得太久,她在国外有自己的生活。

等洛林远病好了,林舒便约着俞寒和洛林远吃了顿饭。

在俞寒去结账的时候,林舒从包里取出了一个丝绒盒子。

盒子里面是条项链,女式的,缀着一颗翡翠。

林舒说:"收好,想送给谁就送给谁。"

洛林远问:"这是什么?"

林舒说:"祖传的东西。"

她看着洛林远小心地将那盒子接过去,看着盒子,嘴角勾出弧度,多么孩子气。

林舒不由有些恍惚,回忆翻涌而出,只能生硬刹住,以免陷入这样的感性情绪里,说出或者做出丢人的事情。

不多时,俞寒回来了,要开车送他们俩回去。

林舒说不用,她是下午三点的飞机,她的助理小冉已经收拾好行李在机场等她,她现在直接打车到机场就行。

俞寒有些吃惊她这么仓促的安排,下意识看了洛林远一眼,留意他的反应,怕他难过。

林舒看在眼里,心中满意,洛林远在 C 城不再孤身一人,有朋友照顾，可以互相扶持，这样就好。

林舒自己已经叫了车，俞寒和洛林远便陪着她一起在餐厅门口等着。

车来时，林舒说着别送了，然后往洛林远口袋里塞了张支票，就头也不回地上了车。

洛林远甚至来不及拒绝，只能愣愣地从口袋掏出支票，看着渐渐远去的车。

俞寒伸手拍了拍他的肩膀，洛林远拿着那张支票，将眼底的湿意忍了回去，笑道："没想到她也会这样……"像每一位母亲一样。

因为担心，不远万里也要来看看孩子，临行前再给孩子塞一笔钱。

只是林舒给的金额实在太大，比最开始打给他的创业资金还要多。

手机响了声，洛林远拿出来看，是林舒给他发来的消息，让他好好用这笔钱，如果将来要结婚了，也可以用，不能失礼。

这话实在不像林舒会说的，在洛林远心里，林舒就是一个不食人间烟火的艺术家。

别说操心他未来结婚的事，就连平时里基本的人情世故，都是助理小冉替她操持。

洛林远和林舒说，如果结婚的话，他有钱。

林舒说：那就当我给你的零花钱。

林舒又发来消息：就这样，我马上就要登机，不和你说了。

这才上车没多久，都没到机场，怎么可能就要登机了。

洛林远没拆穿这个显而易见的谎话。

在车上，洛林远把装着祖传翡翠的盒子递给俞寒看。

俞寒打开，愣住了。

洛林远笑道："我妈给我的传家宝，怎么样？"

俞寒摸了摸那翡翠，小心地将盒子合上，说："那可得收好了。"

俞寒发现，现在想做什么事，必须都先跟洛林远商量。他本来打算请假，带洛林远出国旅行一趟，给洛林远一个惊喜。

万万没想到，行程刚规划好，洛林远就带领着鱼缘的小朋友们去外地参加活动了。

活动时间一个礼拜，把俞寒的所有计划都打乱了。

洛林远在桂林，都能明显感觉俞寒的心情不好。

虽然不知道为什么，他回来之前怂了，偷偷给俞寒的家打电话。电话是芋圆接的，洛林远跟芋圆打听消息，答应帮芋圆带好吃的回来。

芋圆将俞寒一天的行程以及各种毫无意义的情报说了个遍，然后说："我觉得你应该自己给爸爸打电话。"

洛林远说："你爸爸好像不高兴了。"

芋圆学着电视剧里的台词道："哎呀，他不高兴了，你就哄一哄嘛。"

梁姨最近爱看一部家庭伦理剧，芋圆跟着一起看，都能背台词了。

小孩学东西快,把电视剧里婆婆的语气学了个十足十,特别好笑。

芊圆认真道:"你快快回来哦,我又长高啦,昨天量身高,你都没看见。"

洛林远心都化了,夸他:"乖乖真棒。"

洛林远不知道俞寒为什么生气,出发当天还和俞寒聊了好久,说自己以后少不得要出差,他得习惯啊,如果之后俞寒要出差,自己也会习惯的。

直到飞回来的前一天,他在手机上查到了已经取消的机票订单,竟然有一张是飞往国外的。

他自己没有定过,那定的人是知道他身份证号的人,除了俞寒也没谁了。

洛林远这才知道俞寒到底气闷些什么。惊喜被他弄没了,还不能说,当然是气闷得很。

洛林远刚下飞机,把行李搁在绘园,就去了商场,回来的时间故意没跟俞寒说,想给俞寒一个惊喜。

哪知道在商场里,真的撞上了"惊喜"。

洛林远看到洛霆带着一个十五六岁的孩子,在商场里买鞋。

洛林远看着洛霆,洛霆吃惊地望着洛林远。

两个人谁都没开口,直到身旁的小孩打破了这个僵持的局面:"爸爸,是认识的人?"

- 205

洛林远看向那个男孩子，他叫着洛霆爸爸，眉眼看不出来像不像，但应该会比他这个冒牌货要像。

他心里就像插进了一把冰做的刀，又刺又疼，还有些委屈。

他到底没能忍住，明明都是个大人了，还是红了眼眶。

洛林远垂下眼，鼓足勇气上前，压着嗓子道："洛……先生，好久不见，你最近身体还好吗？"

洛霆沉默地看着他。

身边的男孩猛地扯了洛霆的袖子一下，说："爸爸。"

洛霆回神，说："你去旁边买点吃的等我。"

男孩不情不愿地拿着卡走了。

洛林远一直盯着地面，等洛霆的回答。

他想，如果洛霆要发火，要赶他回国外，他是不会答应的。从前他什么都没有，现在他都有了，有朋友，有鱼缘。

等了许久，才等到洛霆的声音，他说："什么时候回来的？"

洛林远说："回来快两年了……"

洛霆问："现在在做什么？"

洛林远惶惶地抬起眼，又低了下去，说："开了家幼儿教育机构。"

洛霆深深地看着他，说："瘦了，长高了。"

这话一出，洛林远便落下了一串泪，他忙用手背蹭掉了眼泪，说："对不起。"

洛霆问："为什么道歉？"

洛林远说："我觉得你不想见到我，我却偷偷回来了。"

洛霆好似无奈地笑了下,又似乎叹了口气,说:"回来就回来了,你没必要这么紧张,不会有人找你麻烦的,放心。"

洛霆没说太多,男孩去而复返,拉着洛霆的手,说:"爸爸,我一个人坐着无聊,你快过来。"
洛林远冲洛霆弯了弯腰,说:"那我就先走了。"
洛霆应了声。
他们没有互留电话号码,洛霆看着洛林远越走越远。
洛霆身边的男孩抓着他袖子问:"那是谁啊?"
洛霆失神道:"那是你哥哥。"
他垂下眼,掩住了里面闪烁的泪光。

这些年,洛霆不是没见过洛林远,洛林远永远不会知道,在他毕业的时候,其实洛霆去过。

洛霆只是远远地看着洛林远跟林舒,托人送去了一束花,看着孩子拿在手里,搂着林舒,让别人拍了他的毕业照。

那是他再也不能插入的画面,也不会在照片上拥有一席之地。

洛霆说:"走吧,你不是要吃东西吗?"

而洛林远在不远处回了头,看着洛霆带着男孩离开,无声地说了句:"爸爸,还能再见到你,我很高兴。"

洛林远买了花,到了俞寒家中准备给他个惊喜,开门发现里面一片漆黑,竟然是一个人都不在。

洛林远给俞寒电话,打不通。他给梁姨打电话,梁姨电话里说他们在海边玩，还要在这里过夜。

洛林远没想到自己竟然被撇下了，问："俞寒呢？"

梁姨说："我们都以为你明天回来，先生也在海边。"

洛林远放下电话，去洗澡去收拾，忙活了一晚上，再看时间，也就过去了两小时。

房子里空荡荡的，加上下午被洛霆身边的男孩那声"爸爸"给刺激到了，洛林远心里感觉到一种难以言喻的孤独感。

洛林远打开了电视，那些平时他觉得有趣的节目，今晚无一例外，他都看不进去。

反复看过手机，俞寒应该知道他回来了，怎么一个电话都没有，还在生气吗？

不知不觉，洛林远在沙发上等到睡着了，直到开门声将他惊醒。

洛林远揉着眼睛，在一片烛光中，看到芋圆戴着卡通猫耳朵，俞寒抱着一束花，梁阿姨捧着个插着蜡烛的蛋糕。

洛林远愣愣地看着门口的一帮人，傻了。

方肖和陶情从后面探出了脑袋，方肖冲洛林远招了招手，说："呀，小远远，虽然已经晚了，但是生日快乐啊！"

小熊老师也来了，冲他笑着说"园长生日快乐"。

洛林远满脑袋问号，但是看着房子里进来了一堆人，个个给他塞礼物，刚刚空荡荡的房子一下挤满了人，他的心就跟这个房子一样——

被填满了，变得热热闹闹。

洛林远站起身，软声道："什么啊，我还以为你们撇下我，自己去玩了呢。"

韩追也来了，给洛林远送了份礼物，在他耳边说了句"生日快乐"，然后用力抱了抱他，说："虽然早就26岁啦，但还是要庆祝的，远远是个大人了。"

洛林远在起哄声和生日快乐歌下吹灭了蜡烛，然后打开了灯。

屋里一片亮堂，梁姨将早就准备好放在冰箱里的火锅材料取出来，一堆人在家中做起了火锅。

吃过火锅，洛林远切蛋糕，没吃上一口，就被方肖抹了满脸。

聚了一堆人，他不能说不高兴。

俞寒的屋里竟然还有麻将桌，方肖跟韩追还有陶情小熊就搓起了麻将。

洛林远把俞寒偷偷拉到里间，柔声道："你给我搞的惊喜啊？"

俞寒问："不喜欢？"

洛林远说："喜欢啊，不过还好就这些。"

俞寒说："嗯？"

洛林远："我最怕一堆人庆生了，什么在亲友的见证下，要抛彩带什么的，还要被拍视频，想想就头皮发麻。"

俞寒的身子好像僵了僵。

洛林远又道："不过只是庆祝生日的话，我很开心，谢谢你，特意帮我补过这个生日。"

韩追在外面叫洛林远，他刚想转身，就被俞寒拽住了手。

洛林远莫名其妙地回头，就见俞寒整张脸涨红了，说："别出去。"

洛林远疑惑出声:"啊?"

俞寒说:"先别出来,等我叫你了你再出来。"

他反手把洛林远推进房间里,关上门,自己出去了。

只听外面一顿噼里啪啦的小拉炮、彩带声,还有音乐声。

外边好像轰隆隆地又走进了一些人,吵吵闹闹的,他听见俞寒在赶人。

渐渐地,动静越来越小。

俞寒过来敲门,洛林远小心地打开了房门,外面已经没有人了,只有满地的彩带和气球,还有客厅堆满的鲜花。他大概能猜出,刚刚外面到底发生了什么。

洛林远错愕地看着面色不正常的俞寒,说:"你原来准备了……这么多?"

俞寒抿着唇点头,好像有点懊恼一样,说:"你不喜欢。"

洛林远恨不得自打嘴巴了,说:"没有没有,我没不喜欢!"

他看着满屋子的花,忍不住想笑,说:"你怎么找来这么多花?"

仔细一看,竟然都是他以前买过的,春天才会开的花,此时堆得满满的,空气里弥漫着花香。

这时门缝后传来一个声音:"我们怎么办啊?"

是方肖的声音。

"你快闭嘴,他们都听见了。"陶情在说话。

外面吵吵闹闹,洛林远也不能当不存在了,只好开门放人进来。

一伙人继续借着给洛林远庆生闹到了半夜,差点被邻居投诉。

最后把人送走的时候,每个人说了一句祝贺的话,洛林远脸红得要命,俞寒这会儿很淡定,反正被庆生的人是洛林远,他心情很好。

等来玩的朋友都走了,芊圆在房间睡觉,梁姨开始收拾屋子,洛林远和俞寒在阳台的躺椅上靠着。

洛林远说起旧事,谈起第一次相遇,说:"你看你,我们第一次见面,你对我态度一点都不好。"

俞寒却说:"谁跟你说那是第一次见面?"

洛林远一脸迷茫。

俞寒看着他,笑了笑。

大概是刚入学军训的时候,俞寒那个队有人中暑晕了过去。

俞寒将人背到了医务室,问过医生,确认无事后,俞寒起身往外走。

走到一半,就被人勾住了小指头。

那个人的手凉冰冰的,很白。

俞寒侧头看去,男生的脸上盖着一顶帽子,只露出光洁的下巴。

男生说:"肖儿,我渴,你去给我买瓶可乐好不好?"

俞寒想把手抽出来,尾指被捏紧了,还讨好似的晃了晃,说:"可乐……"

男生的尾音拖得长长,带了点鼻音,可怜巴巴的。

俞寒没出声,将手抽出来,出去了趟。

再回来时，俞寒手里握着瓶可乐。

那个男生已经把帽子取下来，露出一张热得泛红的脸，睫毛纤长，五官精致，秀气得不可思议。

男生睡着了，他在靠窗的位置，恰好有一抹光斑落在他的鼻尖上，让他不舒服地皱了皱鼻子。

俞寒轻轻地将可乐放在了桌边，低头看了那男生一阵，最后把床边的窗帘拉上，挡住了那抹光。

他扫到了男生胸口的位置，挂着学生名牌。

三个字，洛林远。

在无人知道的角落里，他记住了一个人的名字。

虽然只是小小的意外，却不再算是素不相识。

他不仅知道他叫洛林远，知道他的模样，也知道这个人跟他一样，都是高一的军训新生。

不过是洛林远不认识他罢了。

那时他们也没有认识的契机。

只是后来，俞寒在学校里，总是会见到这个洛林远。

看他跟朋友玩玩闹闹，看他怕热怕晒，总是躲在阴影里。

他们是陌生人，有过一面之缘的陌生人。

高二的时候，他听到身后有人叫了声，"前面的站住"。

俞寒回头，便看到那个叫洛林远的男生笑着朝他跑了过来，然后越过他，到了其他人面前。

俞寒在原地站了一会儿，不知是不是被传染了笑意，也忍不住笑了。

空气中还有淡淡的甜味，是洛林远身上传来的。

很适合那个夏天。

他想，这个叫洛林远的男生，笑起来还挺好看的。

很像太阳，那么明亮。

图书在版编目（CIP）数据

寒远. 完结篇 / 池总渣著. — 武汉 : 长江出版社, 2023.1
ISBN 978-7-5492-8581-5

Ⅰ. ①寒… Ⅱ. ①池… Ⅲ. ①长篇小说—中国—当代
Ⅳ. ① I247.5

中国版本图书馆 CIP 数据核字 (2022) 第 214300 号

寒远. 完结篇 / 池总渣 著

出　　版	长江出版社
	（武汉市解放大道 1863 号　邮政编码：430010）
市场发行	长江出版社发行部
网　　址	http://www.cjpress.com.cn
责任编辑	陈　辉
特约策划	悦　悦
封面绘制	炎　久
装帧设计	白三叶
插图绘制	捌零壹　森　森
印　　刷	三河市兴达印务有限公司
版　　次	2023 年 1 月第 1 版
印　　次	2023 年 3 月第 1 次印刷
开　　本	880×1230 毫米　1/32
印　　张	6.75
字　　数	150 千字
书　　号	ISBN 978-7-5492-8581-5
定　　价	39.80 元

版权所有，侵权必究。如有质量问题，请与本社联系退换。
电话：027-82926557（总编室）027-82926806（市场营销部）